조선후기
무명 유생 가집

직암영언

조태환 저
구사회·박연호·이수진 주해

보고사
BOGOSA

필자가 소장하고 있는 『직암영언』은 19세기 전기 충남 아산에서 나온 직암 조태환의 시조집이다. 이것은 필자가 이십여 년 전에 고서점을 기웃거리다가 우연히 찾아낸 것이다. 『직암영언』은 가사 두 편과 다량의 시조가 수록되어 있어서 처음엔 몇몇 새로운 작품이 있을 거라는 기대와 함께 입수하여 소장하고 있었다. 그러다가 필자는 근무하던 대학에서 몇 년 앞서 퇴직하고 소장하던 자료를 정리하면서 『직암영언』을 학계에 보고할 필요성을 갖게 되었다. 필자가 조사해보니 『직암영언』에 수록된 가사 2편과 시조 210수는 지금까지 학계에 보고되지 않은 새로운 시가 작품이었다. 자료에 작자도 직접 거론되지 않고 퍼즐처럼 파편화되어 언급될 뿐이었다. 이런저런 과정을 거치며 자료 내용을 조립하고 꿰맞추니 서서히 전모가 드러났다.

핵심 내용은 다음과 같다. 『직암영언』은 19세기 전기 충남 아산에서 나온 직암 조태환의 시조집이다. 이것은 순조 26년(1826)에 조태환을 스승처럼 따르던 이석빈이 주도하여 편찬하였다. 책명대로 한다면 직암(直菴) 조태환(趙台煥, 1772~1836)의 가집이라는 의미이다. 하지만 여기에는 정덕유(鄭德裕, 1795~1829)와 이석빈(李碩彬, 1795~1832)의 화답시조가 덧붙여졌다. 그리고 이러한 형태의 가집은 문학사적으로 유례가 없었다.

이들 3인은 충남 아산에서 살았던 무명의 유생들로 향촌 문인이었다. 이들은 지금까지 문학사에서 전혀 이름이 없었던 무명 작자였다. 이들 관계는 정덕유와 이석빈이 조태환을 스승처럼 받들던 사이로 여겨진다. 이들 3인은 '이이(李珥) → 송시열(宋時烈) → 권상하(權尙夏) → 한원진(韓元震)'으로 이어지는 조선후기 기호학파 호론 계열의 유생들이었다. 『직암영언』에는 이들의 도학 의식이 시조 작품 곳곳에 투영되어 나타나는 것을 확인할 수 있었다.

『직암영언』에는 조태환의 시조 188수와 가사 2편, 정덕유의 화답시조 12수, 이석빈의 화답시조 10수가 수록되어 있었다. 여기 210수의 시조 작품은 지금까지 알려지지 않았던 새로운 작품이다. 역대 시조 사전에 수록된 시조 작품들과 비교해 보니 기존 작품과 어절도 거의 겹치지 않았다. 이런 점에서 『직암영언』의 자료적 가치는 매우 높다.

조태환의 시조 작품은 국내 곳곳을 유력하면서 느낀 풍광이나 자신의 내면을 담았던 기행시조가 분량과 내용에서 비중이 가장 높았다. 다음으로는 심성이나 수양 등과 같은 도학 담론을 담고 있는 도학시조와 인간으로서 지켜야 할 윤리와 도덕을 일깨우는 교훈시조였다. 마지막으로 세속을 벗어나 자연과 함께 살아가기를 희구하는 은일 시조를 꼽았다.

직암의 기행시조는 비교적 다양한 내용을 담고 있었다. 국내 곳곳을 다니면서 풍광을 읊거나 내면 정서를 담고 있었다. 역사 유적지에서는 자신의 역사 의식을, 서원에서는 도학 정신이나 가문 의식을 드러내었다. 직암의 도학 시조는 성리학의 우주론적 담론이나 인간 심성의 문제, 사물의 본질적 이치를 탐색하고 있었다. 반면에 일상 윤리를 일깨우거나 행실을 경계하는 교훈 시조는 50세를 전후로 아산 연암산에 은거하면서 지은 작품이 많았다. 은일시조에서는 직암이 복잡한 현실에서 벗어나려는 처사로서의 뜻을 드러내고 있었다. 한편 직암의 나머지 43수는 앞서 수록된 145수와 내용상으로 연장선에 있다고 보았다. 하지만, 이들 작품은 조선후기 성리학의 담론 요소를 소재로 다루는 특징이 있다고 보았다.

한편, 『직암영언』에는 아산 인근의 지명을 따서 지은 〈죽계별곡〉과 〈연산별곡〉이라는 두 편의 중형 가사가 수록되어 있었다. 둘 다 유교적 강상 윤리를 담고 있는 교훈가사의 전형을 보여주고 있었다. 이들 가사 작품은 둘 다 교훈가사인데, 오륜의 '군신' 관계에 대한 내용은 다루지 않았다. 둘 다 향촌 사회보다는 가문 구성원을 대상으로 오륜 문제를 설파하는 특징을 보여주었다. 특히 〈연산별곡〉은 〈죽계별곡〉에 비해서 여색이나 재물, 시비 분쟁과 같은 보다 구체적인 현실 사안을 강조하는 내용을 담고 있었다.

정덕유는 「근화직암영언(謹和直菴永言)」이라는 편명으로 화답시조 12수를 지었다. 그는 자신의 눈으로 바라본 직암의 사람됨이나 품성을 시작으로 자신의 내면 세계를 형상화하였다. 그의 시조에는 조선후기 성리학이 보여준 심성이나 수양 문제가 주로 다뤄지고 있었다. 한편, 그는 '孔孟程朱, 靜退栗尤'로 압축되는 도학적 계보를 추종하는 면모를 보여주기도 하였다.

이석빈은 「제직암영언(題直菴永言)」이라는 편명으로 직암의 시조 145수에 대하여 10수의 시조로 화답하였다. 이석빈의 화답 시조 10수는 대부분이 도학 시조로써 직암의 도학 세계에 초점을 맞췄다. 그리고 화답 시조는 『시경』의 시 분류 방식인 육의(六義)의 '부비흥(賦比興)'을 사용하는 특징이 있었다. 그런데 이석빈은 '흥(興)'

보다는 주로 '부(賦)'와 '비(比)'의 수사 방식을 활용하고 있었다.

『직암영언』의 자료적 가치는 19세기 사대부 시조와 관련을 지었다. 조태환의 시조집인 『직암영언』(1826), 조황(趙榥, 1803~?)의 『삼죽사류』, 이세보의 시조집(1870년 전후)을 19세기 3대 사대부 시조집으로 규정하였다. 그리고 『직암영언』은 조선후기 호서지역에서 존재했던 지역 문학과 관련이 있다고 보았다.

필자는 이를 토대로 2023년 5월에 열린 제67회 국어국문학회 전국학술대회에서 발표하였다. 그리고 수정과 보완을 거쳐 국어국문학 204호에 게재하였다. 다음으로 필자는 발표 논문의 토론자이었던 충북대 박연호 교수에게 『직암영언』 주해 작업을 제의하였다. 박연호 교수가 흔쾌히 수락하여 필자는 그동안 입력한 자료를 보내어 주해 작업을 완성하였다. 이 과정에서 선문대학교 국문학과 이수진 교수가 여러 자료를 하나하나 확인하였다. 자료집의 한문 부문은 선문대학교 BK21플러스 사업의 연구교수였던 양훈식 박사의 도움이 컸다.

2023년 12월 20일
구사회 쓰다

차례

직암영언 서直菴永言序

鄭德裕

선생께서 마음에 느낀 것을 말로 표현한 까닭은 스스로 취한 것이 하나가 아니기 때문이다. 만일 사람이 취할 만한 것이 다만 두세 가지에서 그치지 않는다면, 뜻 있는 선비가 어찌 이것에서 취하지 않겠는가? 그러나 직암이 이렇게 한 까닭이 어찌 사람들이 반드시 이것을 취하여 스스로 마음을 바르게 하려는 것이겠는가? 나는 (선생께서) 회포를 펼치기 위해 말로 표현한것이라고 생각한다. 하지만 말로 표현하지 않은 무궁한 뜻은 모영(毛穎)이나 저(楮)선생[1]과 같은 백면서생의 혀끝으로 다 말할 수 있는 것이 아니다. 만일 귀로 듣고 눈으로 보는 자가 선생의 뜻을 터득하고, 활발한 기미를 스스로 즐긴다면, 또한 어찌 노래가 사람을 교화함이 크지 않겠는가?

숭정(崇禎) 후4(後四) 병술(丙戌, 1826) 3월 상순 월성(月城) 문요(文饒) 정덕유(鄭德裕) 서(序)하다.

先生所以感於心 而發於言者也 其所自取者不一 而若乃人之所可取 則不但二三數而止焉 士之有志者 盍取於此 然而直庵之所

---

[1] 한유(韓愈)가 지은 〈모영전(毛穎傳)〉에 "모영은 강(絳) 땅 사람 진현(陳玄)과 홍농(弘農)의 도홍(陶泓)과 회계(會稽)의 저선생(楮先生)과 매우 친하여 서로 추천하고 초치하면서 나아가고 물러나기를 반드시 함께하였다."라는 구절이 있다. 강 땅은 먹의 명산지이므로 진현은 먹을 의인화한 것이고, 홍농은 벼루의 명산지이므로 도홍은 벼루를 의인화한 것이며, 회계는 종이의 명산지이므로 저선생은 종이를 의인화한 것이다. 여기서는 이당휴가 문방사우(文房四友)의 하나인 종이를 보내왔기 때문에 〈모영전(毛穎傳)〉을 인용한 것이다.

以爲此者 豈欲人必取此 而自正於心乎哉 吾以爲爲其寫襄而爲也
若其言外 無窮之意 非毛穎楮生 白面尖舌者之所可盡道也 如使
耳聆者目覽者 有得乎先生之意 而自樂乎活潑之機 則亦豈非歌之
於人爲敎也大矣

　　崇禎四 丙戌三月上浣 月城 鄭德裕文饒 序

직암영언

直菴永言

죽계별곡竹溪別曲

直직菴암의 趙조處텨士ᄉᆞ는 나길롤 늦게 ᄒᆞ니¹

唐당虞우 쩍² 엿 風풍俗쇽을 어듸 가 다시 보리

世셰代ᄃᆡ가 降강殺쇄ᄒᆞ여³ 倫륜紀긔⁴가 바히 업다

ᄆᆞ룸⁵의 惻측然연ᄒᆞ야⁶ 두어 쥴 歌가曲곡으로

四사友우롤 激격動동ᄒᆞ야 벗님드을 알게 ᄒᆞ니

狂광妄망ᄒᆞ다⁷ 부듸 말고 着착念념加가勉면⁸ ᄒᆞ여보쇼

하눌 ᄯᅡ 삼긴 後후에 萬만物물이 죠차 나니⁹

陰음陽양 理리氣긔로 無무爲위以이化화 ᄒᆞ돈말가

노푼 뫼 기푼 물은 精졍氣긔로 쇼사나고

나는 시 긔는 즘성 生ᄉᆡ성氣긔롤 바다 잇다

草쵸木목은 叢총 茂무ᄒᆞ고¹⁰ 昆곤蟲튱은 蠢즁[준]動동¹¹ᄒᆞ니

造죠化화翁옹 아니러면 긔 뉘라셔 삼겨닐고

---

1   늦게 태어났으니. 태평성대인 요순 시대에 태어나지 못하고 말세인 지금 태어났다는 뜻.

2   요순(堯舜) 시대.

3   정도(正道)가 무너져.

4   윤리(倫理)와 기강(紀綱).

5   마음.

6   우울하고 슬퍼.

7   미치고 망령됨.

8   생각하며 더욱 힘씀.

9   좇아 나오니. 따라서 생겨나니.

10   무성(茂盛)하고.

11   준동(蠢動). 꾸물거리며 움직임.

天텬地지之지間간 萬만物물中듕의 사룸이 웃듬이라

正졍氣긔生싱氣긔 가초 타셔[12] 戴대天텬立입地지[13] ᄒ여시니

外외貌모롤 보량이면 高고山산大대澤튁 形형象상ᄒ고

中듕心심을 보량이면 春츈生싱秋추實실 비화잇다[14]

그러나 이ᄂᆡ 몸이 父부母모님니 恩은德덕이라

顧고我아腹복我아[15] ᄇᆡ 셜어셔[16] 十십朔삭을 劬구勞로ᄒ고

身신體톄髮발膚부 가지가지 氣긔血혈을 난하주니

父부母모가 天텬地지련가 天텬地지가 父부母모련가

이내 몸 어려 잇고 父부母모님 져머실 졔

饑긔飽포寒한煖란 혜아려셔 顧고腹복食사食식[17] ᄒ올 젹의

사랑도 그지 업고 受수苦고도 함도 ᄒ다[18]

恩은德덕을 가푸랴면 昊호天텬이 가히 업ᄂᆡ

天텬倫륜이 定졍ᄒᆞᆫ 後후에 몃 百ᄇᆡᆨ年년 지나건고

孝효子ᄌᆞᄂᆞᆫ 몃몃치며 不불孝효子ᄌᆞᄂᆞᆫ 누고누고

겻돌 두고 우물파기 頑완父부도 感감動동ᄒ고[19]

12　갖추어 타고나서.

13　하늘을 머리에 이고 땅 위에 섬.

14　배워있다. 본받았다는 말.

15　고아복아(顧我復我)의 오기. 나를 돌아보고 나를 다시 살피심. 『시경(詩經)』〈육아(蓼莪)〉에 "아버님 날 나으시고, 어머니는 나를 기르셨다. 나를 다독이시고 나를 기르시며, 나를 자라게 하고 나를 키우시며, 나를 돌아보시고 나를 다시 살피시며, 출입할 땐 나를 배에 안으셨다. 이 은혜를 갚으려면 하늘이라 한량이 없도다.[父兮生我 母兮鞠我 拊我畜我 長我育我 顧我復我 出入腹我 欲報之德 昊天罔極]"라는 말이 나옴. 여기서는 '복아(腹我)'를 '나를 잉태하시고'의 의미로 사용한 것.

16　뱃속에 아기를 설어서(잉태해서).

17　배가 고픈지 돌아보고 밥을 먹임.

18　많기도 많다는 말.

19　사마천의 『사기(史記)』〈우순(虞舜)〉에 의하면, 순임금의 아버지 고수(瞽叟)는 맹인으

어름 끼고 鯉이魚어 자바 後후母모도 回회心심ᄒ니²⁰

어진 일음 착ᄒᆫ 마리 千텬古고의 有유名명ᄒ니

늘근 아비 슬듸 업셔 들것 우희 바리거다

져믄 어미 탐을 닉야 頭두曼만이 죽단말가²¹

凶흉ᄒᆫ 일홈 몹슬 마리 百빅年년의 類뉴聚취²²ᄒ니

연사룸 ᄒ던 마리 天텬地지가 懸현隔격²³이라

이보쇼 벗님네야 누롤 죠차 가랴는고

父부子ᄌ間간을 그만두고 兄형弟졔말삼 ᄒ여보시

난 째가²⁴ 先션後후 달나 次차[例]례는 잇사오나

로, 순의 어머니가 죽자 후처를 얻어 아들인 상(象)을 낳았음. 고수는 후처가 낳은 상을 사랑하여 늘 순을 죽이려고 해서 도망 다님. 그러나 순은 아무런 원망을 하지 않고 아버지와 계모를 잘 섬겼다고 함.
하루는 순(舜)임금의 아버지 고수가 순임금에게 우물을 파게 했는데 순은 우물을 파면서 측면에 비밀통로(곁돌)를 함께 팠다. 순이 우물을 깊이 판 후에 아버지인 고수와 이복 동생인 상(象)이 순임을 죽이기 위해 흙으로 우물을 매웠으며, 순은 곁에 파 놓은 비밀통로를 통해 나와서 도망을 갔다(瞽叟又使舜穿井 穿井爲匿空旁出 舜旣入深 瞽叟與象共下土實井 舜從匿空出去 瞽叟象喜 以舜爲已死)는 고사가 있음.

20 왕상부빙(王祥剖冰). 왕상은 진나라 낭야 사람. 일찍 어머니를 여의고, 계모 주씨가 사랑하지 아니하여, 자주 참소하니, 이것으로 말미암아 아버지에게 사랑을 잃어, 항상 마구를(외양간을) 치우라 하되, 왕상이 더욱 공손하였다. 부모가 병이 있어, 옷에 띠를 끄르지 아니하고, 탕약을 받들어 친히 맛을 보고, 어머니가 산고기를 먹고 싶어 하지만, 날이 추워서 물이 얼었는지라, 왕상이 옷을 벗고, 장차 어름을 깨쳐서 고기를 잡으려 하였는데, 어름이 홀연히 스스로 풀어지며, 잉어 두 마리가 뛰어나오더라. 어머니가 또 노란 새 적을 먹고자 하니, 노란 새 수십 마리가 그 집으로 날아들어 오고, 어머니가 왕상으로 하여금 과일나무를 지키라 하니, 매양 바람 불고 비오면, 왕상이 나무를 안고 울었다. 어머니가 죽어 초상을 치를 때 몹시 슬퍼하여, 병들고 여위어 막대기를 짚은 후에야 일어나더라. 후에 벼슬을 하여, 삼공에 이르렀다. 『역주 오륜행실도』 卷1.
21 두만(頭曼)은 흉노(匈奴)의 우두머리인 선우(單于)로, 아들의 이름은 모돈(冒頓)이다. 모돈(冒頓)은 명적(鳴鏑)이라는 화살로 아비인 두만(頭曼)을 쏘아 죽이고 선우(單于)로 즉위하여 여러 어미들을 아내로 삼았다. 『통감절요(通鑑節要)』, 동양고전종합DB.
22 유취(遺臭)의 오기. 악취를 남긴다는 뜻.
23 뚜렷하게 나뉨.

骨골肉뉵을 난화 바다[25] 血혈脈막이 相상通통ᄒ니

一일身신이 둘희 나고 두 몸이 ᄒ나히라

喜희怒로哀이樂락은 彼피此차의 同동心ᄒ고

饑긔飽포寒한暑셔ᄂᆞᆫ 朝죠夕셕의 關관念렴ᄒ니

黃황鶴학樓누 긴 벼개예 兄형弟졔和화樂락 ᄒᄂᆞᆫ 擧거動동[26]

玄현武무門문 毒독호 살의 骨골肉뉵相상殘잔 ᄒ단말가[27]

父부子ᄌ兄형弟졔 變변ᄒ여셔 四ᄉ五오六뉵寸촌 되거고나[28]

一일家가의 八팔寸촌나고 後후屬쇽이 疎쇼遠원ᄒ니

生싱涯이예 拘구礙이ᄒᄋᆞ야 네 것 내 것 歷녁歷녁ᄒᄋᆞ야[29]

혼 祖죠上샹의 子ᄌ孫손으로 厚후호 뜻을 젼혀 몰나

情졍 업고 義의 傷ᄒ면 남이여셔[30] 甚심ᄒ도다

九구世셰同동居거 張쟝公공藝예ᄂᆞᆫ 무슨 글ᄯᅩ 쎠 계신고[31]

義의田젼宅퇵 두신 相상國국 九구族족을 敦돈睦목ᄒ니[32]

史사冊칙의 빗난 ᄌ최 小쇼學학의 착호 일홈

---

24 태어난 때가.

25 나누어 받아.

26 당나라 현종(玄宗)이 태자 시절에 큰 베개와 큰 이불(長枕大衾)을 만들어 형제들과 함께 자면서 사이좋게 지냈다는 고사가 있음.

27 당 태종(太宗) 이세민이 황위를 차지하기 위해 현무문에서 황태자였던 형 이건성을 화살을 쏘아 살해한 사건을 말함.

28 형제는 원래 2촌인데 4, 5, 6촌으로 점점 사이가 멀어진다는 뜻.

29 네 것과 내 것을 또렷하게 나누어져.

30 남보다.

31 장공예는 당(唐) 나라 수장(壽張) 사람으로 9세(世)의 친족을 한집안에서 거느리며 생활함. 이에 당 고종(高宗)이 직접 9세가 화목하게 지내는 비결을 묻자, 지필묵(紙筆墨)에 참을 인(忍) 자만 백여 차례 썼다. 이에 고종이 눈물을 흘리며 비단을 하사하였다고 함. 『구당서(舊唐書)』 卷188.

32 중국 송(宋)나라 때 재상 범중엄(范仲淹)은 가난한 종족을 돕기 위해 나라에서 받는 녹봉으로 전지(田地)를 마련하여 의전택(義田宅)이라고 불렀음.

歷녁歷녁키 일너와셔 至지今금의 藉자藉자 하니

이보쇼 벗님네야 이 아니 조흘손가

屋옥中즁을 도라보니 또 무어슬 關관念렴 하고

미즌 머리 셔로 맛나 百빅年년을 언약 하니³³

華화燭쵹洞동房방 긴긴밤의 琴금瑟슬友우之지 情정이 깁허

夫부唱챵婦부隨슈 하는 擧거動동 天쳔事사萬만事사 順슌成셩 하니

子즈孫손이 滿만堂당 하고 福복祿록이 兼겸全젼 하니

지압의 孝효子즈 일흠 져 지엄³⁴의 功공도 잇고

지엄의 孝효婦부되기 지압³⁵의 착 하미라

父부母모을 잘 셤기면 夫부妻쳐間간도 情정 重즁하고

父부母모룰 몯 셤기면 有유情정 한들 무엇 하리

그도 그러 하거이와 近근來너 風풍俗쇽 古고異이 하야

지압의 貴귀 한 눈츼 져 지엄이 보랑이면

人인事사體톄面면 다 바리고 驕교滿만之지心심 졀노 나셔

父부母모의 말對대答답과 同동生싱의 凶흉을 하야

迷미劣렬코³⁶ 어린 家가長장 任임意의로 弄농絡낙 하니

鄕향中즁의 是시非비 이셔 家가長장부터 罪죄룰 닙너

妖뇨女녀의 싸진 愚우夫부 무슨 낫츨 추여 들며

그년 져년 하는 소러 졘들 아니 붓글 오랴

---

33 한(漢)나라 때 충신 소무(蘇武)의 시에 "머리털을 맺어 부부가 되니, 은혜와 사랑 모두 의심하지 않았네.(結髮爲夫婦 恩愛兩不疑)"라는 구절이 있음. '결발위부부(結髮爲 夫婦)'는 부인은 쪽을 찌고 남편은 상투를 틀어 부부가 된다는 말.

34 지어미. 부인.

35 지아비. 남편.

36 판단능력이 모자라고.

이보쇼 벗님네아 家가長장 노롬 操조心심호쇼

鄕향黨당이 自자別별호야[37] 나 만흐 니[38] 第제一일이니

祖조父부父부兄형 年년甲갑네와 尊존長장老노兄형 버러이셔

四사節절明[名]명日일[39] 노리쳐[40]와 三삼伏복으로 農농事사時시예

就취稟품[41]호리 就취稟품호고 긔걸호리 긔걸[42]바다

올흔 일을 施시行힝호고 그른 일을 辨변白빅[43]마라

長장幼유之지別별 分분明명호야 恭공敬경호고 操조心심호면

일이다 相상得득호고[44] 老노少소가 차례 이셔

患환難난도 救구호려든 閭여閻염이 擾요亂란호다

이보쇼 벋님네야 以이少쇼凌능長장[45] 업슨 後후에

坐 흔 가지 드러보쇼 五오倫륜이 벋지 드러[46]

年년齒치門문齒치[47] 相상敵격호니[48] 호쇼마쇼 호는고나

기러기 줄을 짓고 물고기 쎄을 좃차

東동西셔南남北북 간간 곳의[49] 晝듀夜야朝죠夕셕 째째마다

---

37 본래부터 구별되어.

38 나이 많은 이가.

39 사절명일(四節名日)은 설, 한식, 단오, 추석을 가리키는 사절일(四節日). 사명일(四名日)이라고도 함.

40 놀이처(處). 놀이하는 곳.

41 웃어른께 나아가 아룀.

42 명령.

43 변명(辨明).

44 서로 뜻이 맞고.

45 어린 사람이 나이 든 사람을 능멸함.

46 벗이 들어. 붕우유신(朋友有信)이 포함되어.

47 나이와 문벌의 수준.

48 서로 엇비슷하니.

49 가는 곳마다.

情정 깁고 誼의 죠흘 숀 부레에 옷츨 부어[50]

平평生싱의 一일片편心심이 知지己긔로 期긔約약더니

무순 일의 拘구礙익이[51] ᄒ야 ᄒ 번 失실信신 ᄒ단말가

肝간膽담이 楚초越월되고[52] 期긔功공[53]이 狼낭貝픽로다

꼿 아츰 달 져녁[54]의 追츄逐츅ᄒ야[55] 노던 情정이

칼 ᄆᆞᆷ 쇼노 눈[56]의 外외面면ᄒ고 지나가니

남남기리 미츤 誼의가 信신 아니면 어렵도다

이보쇼 벋님네야 五오倫륜이 이러ᄒ니

그른 일을 警경戒계ᄒ고 죠흔 일을 法법을 바다[57]

父부母모로셔 兄형弟제 가고[58] 兄형弟제로셔 親친戚쳑 가고

夫부婦부로셔 長장幼유 가고 長장幼유로셔 朋붕友우 가고

일일마다 有유意의ᄒ고 말말마다 操죠心심ᄒ야

行ᄒᆡᆼ身신 處텨事ᄉᆞ을 五오倫륜을 能능히 ᄒ면

몸의 福복이 되고 남의 눈의 法법이 되야

身신後후 芳방名명이 百빅世셰예 일너 가면[59]

---

50 서로 떨어질 수 없게 붙어있다는 뜻. 활이나 나전칠기 등을 만드는 과정에서 옷은 칠
    재료로 민어의 부레는 접착제로 사용됨.

51 거리끼거나 얽매임.

52 간담초월(肝膽楚越). 서로 마음이 틀어지면 간(肝)과 쓸개(膽)처럼 가까이 있더라도
    초나라와 월나라처럼 원수지간이 된다는 뜻.

53 기공지친(期功之親). 가까운 친척.

54 화조월석(花朝月夕). 놀기 좋은 때를 말함.

55 서로 따르며.

56 칼 마음 쇠뇌(大弩) 눈. 칼과 쇠뇌처럼 상대방을 해치려는 마음과 눈빛. 노목(弩目)은
    눈을 부라리는 것을 말함.

57 본을 받아. 본받아.

58 부모님을 섬기는 마음을 형제의 우애로 옮겨가고.

59 사후에 아름다운 명성이 100세까지 이어짐. 유방백세(流芳百世).

浮부世세人인生싱[60]이 긔 아니 즐거오냐

연산별곡鷰山別曲

天텬生싱萬만民민 ᄒᆞ오실 제 必필授슈其기職직[1] ᄒᆞ여거든

엇더타 이내 몸이 無무用용이 되건지고

鷰연巖암山산 기푼 골의 陶도處쳐士ᄉᆞ의 몸이 되냐[2]

姓셩名명을 隱은匿닉ᄒᆞ니 아나 이 바히 업다

슬푸다 世셰上상 스람 이니 말삼 드러보소

나는 知지識식 바히 업셔 禮녜義의롤 모로와도

世셰上상을 살펴보니 寒ᄒᆞᆫ心심키 그지 업데

오五륜倫이 잇건마는 父부母모同동生싱 치 모로고[3]

豪호悍한이[4] 放방心심ᄒᆞ니 그 아니 可가憐련ᄒᆞᆫ가

父부生싱 母모育육ᄒᆞ여 이내 몸 삼겨너니

父부母모의 重즁ᄒᆞᆫ 恩은德덩[덕] 아니 갑고 어이 ᄒᆞ리

孝효誠셩이 至지極극ᄒᆞ면 子ᄌᆞ孫손이 滿만堂당ᄒᆞ고

孝효道도롤 極극盡진ᄒᆞ면 千쳔萬만慶경事ᄉᆞ 層층出츌ᄒᆞ리

一일身신이 平평安안ᄒᆞ면 千쳔金금인들 關관係겨[계]ᄒᆞᆯ가

父부母모님쎄 孝효道도ᄒᆞ면 하놀이 感감動동ᄒᆞ고

積젹惡악을 甚심히 ᄒᆞ면 灾지難란이 자로[5] 나리

---

1 반드시 직분에 맞는 직책을 부여함.

2 되야.

3 채 모르고. 모른 척하고. '채'는 일정한 상태에 이르지 못한 상태를 말함.

4 거칠고 사납게.

5 자주.

엇지 아니 두러오며 엇지 아니 삼갈손가

兄형弟졔롤 議의論논ᄒ면 骨골肉뉵이 ᄒ 가지라

ᄒ 졋[6] 먹고 자라시니 엇지 아니 貴귀ᄒᆯ손가

잇던 同동生ᄉᆡᆼ 업셔지면 어듸 가 어더보리

友우愛이 尤우篤독ᄒ야 極극盡진이 和화睦목ᄒ쇼

늄으로 삼긴 中듕의 夫부婦부밧긔 ᄯᅩ 인ᄂᆞᆫ가

七칠去거之지惡악[7] 업거들낭 糟조糠강之지妻텨[8] 薄박待대 마쇼

夫부婦부 셔로 和화同동ᄒ야 安안貧빈樂낙道도 ᄒᆞᆯ작시면

功공名명富부貴귀 관겨ᄒᆞᆯ가 百ᄇᆡᆨ年년偕ᄒᆡ老로 읏듬이라

和화兄형弟졔 樂낙妻텨子ᄌᆞᄂᆞᆫ 朋붕友우有유信신 아니런가

ᄆᆞ옴을 씨쳐 먹쇼 그 밧긔 ᄯᅩ 업ᄂᆞ니

路노柳류墻장花화[9] 雜계집은 情졍疎소ᄒ면 可가笑쇼롭다

남 쇼겨 어든 財ᄌᆡ物물 다만 一일時시 ᄲᅮᆫ이로다

財ᄌᆡ物물을 탐치 마라 慾욕心심이 患환이 나고

惡악으로 어든 財ᄌᆡ物물 子ᄌᆞ孫손이 진일손가[10]

富부貴귀을 憑빙藉자ᄒ고 사룸을 賤쳔待대 마쇼

수리박회 도 듯ᄒ니[11] ᄒ 사람이 혼ᄌᆞ ᄒᆞᆯ가

---

6 한 젖. 같은 어머니의 젖.
7 예전에 아내를 내쫓을 수 있는 이유가 되었던 일곱 가지 허물. 시부모에게 불손함,
   자식이 없음, 행실이 음탕함, 투기함, 몹쓸 병을 지님, 말이 지나치게 많음, 도둑질을
   함 따위.
8 지게미와 쌀겨로 끼니를 이을 때의 아내라는 뜻으로, 몹시 가난하고 천할 때에 고생을
   함께 겪어 온 아내를 이르는 말.
9 길가에 자라는 버드나무와 담장에 핀 꽃이라는 의미로 화류계의 여성을 말함.
10 지닐 것인가?
11 수레바퀴 돌 듯 하니.

勇용力녁이 잇다ᄒ고 남과 부듸 是시非비 마쇼

忿분셜의[12] 싸호다가 殺살人인ᄒ기 고히홀가

一일時시 忿분을 차ᄆ시면 百빅年년禍화을 免면ᄒᄂ니

늘그니 가ᄂ 길희 압희 셔서 가지마쇼

長장幼유차례 업서지고 男남女녀間간의 無무別별ᄒ면

容용貌모가 사롬인들 禽금獸수나 다룰손가

朝됴夕셕으로 셔로 보며 이웃과 不불和화 마쇼

千쳔萬만外외 急급ᄒᄒ 일과 患환難란으로 相상救구홀 졔

먼 듸 親친戚쳑 잇다ᄒᆫ들 미쳐 와 救구홀손가

남의 집의 往왕來ᄂᆡᄒ기 부듸 자로 말 거시라

親친ᄒᆫ 情뎡이 머려지고 賤쳔이 보기 쉬오리라

親친舊구롤 차자가도 門문 밧긔셔 소릭하여

그 主쥬人인이 알게 ᄒ고 請쳥ᄒ면 가려이와

男남丁졍 어슨[13] 남의 집의 親친戚쳑인들 어이 가리

고히ᄒᆫ[14] 사나희가 往왕來ᄂᆡ롤 즈로 ᄒ면

桀걸紂듀[15]의 몸이 도야 行ᄒᆡᆼ實실 일키 쉬우리라

生ᄉᆡᆼ涯ᄋᆡ을 홀지라도 農농事ᄉ을 심써ᄒ쇼

親친舊구의 財ᄌᆡ物물貸ᄃᆡ用용[16] 與여受슈分분明명[17] ᄒ여셔라

속ᄂ 사롬 罪죄 아니요 속이ᄂ니 엇더홀고

---

12 분한 마음이 왈칵 일어난 바람에.

13 없는.

14 괴이(怪異)한. 이상한. 수상한.

15 중국 하(夏)나라의 폭군 걸왕과 은(殷)나라의 폭군 주왕. 여기서는 패륜아를 의미함.

16 재물을 빌려 씀. 빚.

17 빚을 주고받은 사실을 분명하게 근거로 남김.

人인心심이 奢사侈치ᄒ야 時시節졀이 世셰變변ᄒ니
조흔 衣의冠관 가즌 唐당鞋혀[18] 終죵身신토록 ᄒ랑이면
父부母모님의 略약干간世셰業업[19] 長장久구이 미더다가
그 衣의冠관 盡진ᄒ 後후면 집신감발[20] 졀노 되리
어진 ᄆᆞᆷ 힘써 닷가 남을 부듸 져허ᄒ쇼[21]

---

18 당혜. 앞뒤에 덩굴무늬 따위를 새긴 가죽신.
19 대대로 물려받은 재산.
20 다 떨어진 짚신을 발에 고정하기 위해 천이나 끈을 짚신 신은 발에 감는 것.
21 두려워하소.

단가短歌라

001

舞무雩우臺대¹ 노푼 臺대을 春춘風풍의 登등臨림ᄒᆞ니
曾증點점은 간 듸 업고 뷘 臺대만 나마 잇다
鶴학氅창衣의² 썰텨 입고 몯너 노라 ᄒᆞ노라

002

安안城셩郡군 詠영歸귀亭뎡³을 올나안ᄌ 바라보니
沂긔水수는 潺잔潺잔ᄒᆞ고 杏ᄒᆡᆼ花화는 훗날닌다
아희아 舞무雩우의 바룸 이니⁴ 咏영以이歸귀 ᄒᆞ리로다

003

挾협冊책ᄒᆞ고 緩완行ᄒᆡᆼᄒᆞ야 新신溪계池지⁵을 지나오니
夕석陽양은 지을 넘고 炊췌煙연⁶은 滿만村쵼ᄒᆞᆫ다

---

1 경기도 안성시 도기서원 근처에 있는 대. 공자가 제자들에게 각자의 뜻을 묻자 세상에
  나가 큰 공을 세워보고 싶다고 하였다. 그러나 증점(曾點)은 "따스한 봄날 봄옷이 이루
  어지면 기수(沂水)에서 목욕하고 무우대(舞雩臺)에서 바람을 쏘인 뒤에 흥얼거리며
  돌아오겠습니다."라고 말한 데서 유래한 말. 증점은 자신의 덕을 닦고 도를 즐기는
  데 뜻이 있었으므로 공자가 탄식했던 것임. 『논어(論語)』〈선진(先進)〉.
2 신선들이 입는 새의 깃털로 만든 옷으로, 도포(道袍)를 뜻함.
3 도기서원에 있던 정자.
4 바람이 일어나니.
5 경기도 안성시 미양면 신계리의 못.
6 밥 짓는 연기.

陶도岡강⁷이 어듸미요 家가鄕향⁸을 차츠리라

004

淸쳥心심樓누⁹ 말근 樓누의 偸투閑한ᄒ야¹⁰ 안지시니

鴛연灘탄의 歸귀帆범¹¹이요 婆파城셩의 暮모煙연¹²일다

반갑다 神신勒늑寺사 쇠북쇼리¹³ 風풍便편의 오는고나

005

秋츄風풍落낙日일 上샹高고樓누ᄒ야 瞻쳠望망寧녕陵능¹⁴ 感감
淚누流류라¹⁵

志지業업¹⁶을 몯 이르시고 弓궁劒검을 바리시니¹⁷

---

7   충남 직산(稷山, 지금의 천안) 도리(陶里)에 작가의 부친인 조연귀(趙衍龜, 1726~?)의
    도강정사(陶岡精舍)가 있었음.

8   자기 집이 있는 고향.

9   경기도 여주의 남한강(驪江)변에 있던 누각.

10   한가로이.

11   연탄귀범(鴛灘歸帆)은 연탄으로 돌아오는 배로 여주팔경(驪州八景) 중 하나. 연탄은
    창심루 근처의 여울 이름.

12   파성모연(婆城暮煙)은 파사성의 저녁 밥짓는 연기로 여주팔경 중 하나. 파사성(婆娑
    城)은 여주시 대신면 천서리에 있는 석성(石城).

13   신륵소종(神勒疎鍾)은 신륵사의 종소리로 여주팔경 중 하나. 신륵사는 여주시 남한강
    변에 있음.

14   영릉(寧陵). 경기도 여주에 있는 효종대왕(孝宗大王)의 능묘.

15   가을 바람 불고 해질 녘에 높은 누에 올라 멀리 영릉을 바라보니 감격의 눈물 흐르네(秋
    風落日上高樓 瞻望寧陵感淚流).

16   효종이 꿈꿨던 북벌(北伐)의 대업(大業).

17   효종께서 승하(昇遐)하시니. 궁검(弓劍, 활과 검)은 임금의 죽음을 뜻함. 중국의 고대
    전설적 제왕인 황제 헌원씨(黃帝軒轅氏)가 승하할 때 하늘에서 용이 수염을 드리우고
    내려와 그를 모시고 올라갔는데, 이때에 황제를 따라간 신하들과 후궁들이 70여 명이었
    다. 이에 나머지 사람들이 용의 수염을 잡으니 수염이 뽑히면서 황제의 활과 검이 함께
    땅에 떨어졌는데 남은 백성들은 곧 그 활과 검을 끌어안고 하늘을 우러러보았다 한다.

슬푸다 臥와薪신遺유恨한[18] 千천秋츄의 미쳐도다

006

神신勒늑寺사 쇠북쇼리 듯고 江강月월樓누[19] 올나가니

風풍景경도 조커이와 襟금懷회도 軒헌豁할[활]ㅎ다

衲납衣의[20]아 먹 가러라 臨님流뉴賦부詩시[21] ㅎ여보자

007

孔공孟밍이 머러시니 어듸 가 노라보리

利니慾욕이 橫횡流뉴ㅎ니[22] 仁인義의가 바히 업다

엇더타 世셰上샹사롬 炎념涼냥取취人인[23] ㅎ시는고

008

朋붕友우는 同동類뉴니라 五오倫륜의 들건마는

鮑포叔숙이 머러시니 管관仲듕을 긔 뉘 알니[24]

『사기(史記)』 〈봉선서(封禪書)〉.

18 와신상담(臥薪嘗膽)하며 노력을 하다가 뜻을 못 이루고 남은 한. 와신상담(臥薪嘗膽)
    은 춘추(春秋) 시대 월왕(越王) 구천(勾踐)이 전쟁에서 패배하여 오(吳)나라에 붙잡혀
    갔다가 돌아온 뒤에 원수를 갚고자 하여, 섶에 누워 잠을 자고(臥薪) 쓸개를 맛보면서(嘗
    膽) 회계(會稽)에서 당한 패배의 치욕을 잊지 않으려고 하였다는 고사에서 나온 말.

19 경기도 여주 신륵사 경내의 남한강변에 있는 강월헌(江月軒). 강월헌은 나옹(懶翁,
    1320~1376)의 당호(堂號).

20 납의(衲衣)는 승려가 입는 검은색 옷으로, 여기서는 승려를 의미함.

21 강가에서 시를 지음.

22 횡행(橫行)하니.

23 더움과 서늘함을 보고 사람을 취함. 이해관계만을 따져서 다른 사람과 교유함을 이르
    는 말.

24 관포지교(管鮑之交). 춘추 시대에 포숙아(鮑叔牙)가 관중(管仲)의 가난한 처지를 이

엇덧타 琢탁磨마²⁵홀 줄 모로고셔 平평地지風풍波파 무슴 일고

009

百빅濟졔 젹 옛 셔울이 南남漢한이라 이르거늘
北북門문²⁶을 도라 드러 國국都도²⁷룰 살펴보니
城셩堞쳡은 依의舊구호듸 興흥亡망이 즈최 업다

010

無무忘망樓누²⁸ 올나셔서 松슝坡파을 구버보니
金금汗한²⁹의 勝승戰젼碑비³⁰가 屹흘然연련이³¹ 노파 있다
博박浪랑椎퇴³² 엇지 어더 져 石셕頭두³³ 씨쳐 볼고

011

西셔壯장臺[대]³⁴ 홀노 안즈 丙병丁졍事ᄉ³⁵을 生싱覺각ᄒ니

해하여 적극 도와주었고, 관중을 제 환공(齊桓公)에게 천거하여 재상으로 삼계까지 하였다. 이에 관중이 "나를 낳아 준 것은 부모요, 나를 알아준 것은 포숙이다."라고 말한 고사에서 유래한 말.

25 친구 간에 서로 도와 학문이나 덕행을 갈고 닦는 것을 말함. 절차탁마(切磋琢磨).
26 남한산성의 북문[승전문(勝戰門)].
27 수도. 여기서는 백제의 수도인 남한산성을 말함.
28 북벌의 뜻을 이루지 못한 효종의 원한을 잊지 말자는 뜻으로 영조(1751)가 남한산성 서장대(西將臺)에 세운 누각.
29 청나라 태종(太宗).
30 청태종이 승전을 기념하여 서울 송파구 삼전동 석촌호수 근처에 세운 비석. 삼전도비 (三田渡碑). 본래의 이름은 대청황제공덕비(大淸皇帝功德碑)임.
31 우뚝하게.
32 한나라 유방의 책사 장량(張良)이 박랑사(博浪沙)를 지나가는 진시황(秦始皇)을 죽이기 위해 창해(滄海)의 역사(力士)에게 만들어 준 120근 짜리 철퇴.
33 삼전도비의 머리.

우리 先선王왕 受수辱욕홈³⁶과 大대明명皇황恩은 져바리이³⁷
憤분惋완훈 一일寸촌肝간腸장이 졀노 썰려 호노라

012

駒구城성³⁸의 深심谷곡書셔院원³⁹ 夕셕陽양의 차자오니
精졍金금美미玉옥 靜졍菴암翁옹을 几궤席셕의 뵈옵는 듯
貴귀홀사 廟묘庭졍槐괴木목 手수澤퇴⁴⁰이 계시도다

013

堯요舜슌君군民민 기푼 뜻을 當당世셰에 行힝호랴다가
흉곤貞졍⁴¹을 만나보아 몯 호게 호는 뜻은
千쳔古고 後후學혹의 눈물 질 쑨이로다

014

南남山산의 올나셔서 仁인政졍殿젼⁴²을 바라보니
五오色식雲운 기푼 곳듸 瑞셔日일⁴³이 발가셰라

---

34 남한산성의 서쪽 문 위에 설치된 누각. 수어장대(守禦將臺).
35 병자호란(丙子胡亂)으로, 병자년(1636)에 시작하여 정축년(1637)에 끝났으므로 이르
   는 말임.
36 인조가 남한산성에서 청태종에 항복하고 겪은 수모.
37 저버렸으니.
38 경기도 용인의 옛 이름.
39 경기도 용인시 수지구 상현동의 정암(靜菴) 조광조(趙光祖, 1482~1519)를 배향한 서원.
40 손때가 묻어 생기는 윤기.
41 기묘사화(己卯士禍)를 일으켜 조광조 등의 사류를 제거한 남곤(南袞, 1471~1527)과
   심정(沈貞, 1471~1531)을 함께 일컫는 말.
42 창덕궁(昌德宮)의 정전(正殿).

九구重듕이 深심邃수호니[44] 姓성名명을 뉘 通통홀고

015

仁인旺왕山산 三삼角각峯봉은 勢셰北북極극을 고야 잇고[45]
終죵南남山산 漢한江강水수는 襟금帶대로[46] 相상連년호니
우리나라 萬만萬만年년 基긔業업은 漢한陽양인가 호노라

016

이 찌가 어늬 찌니 正졍月월이라 正졍朝됴로다
압집의 春용聲셩[47]이요 뒷집의 人인跡젹[적]일다
아희아 거문고 노로셔라 與여民민同동樂낙 호리로다

017

新신羅라 젹 百빅結결先션生싱 正졍朝됴을 當당호여서
거문고 빗기 안고 作작杵져聲셩[48]을 호여고나
이졔야 生싱覺각호니 내 즐김과 마치[침] 갓다

---

43 오색구름(五色雲)과 상서로운 햇빛(瑞日)은 모두 상서로운 기운을 의미함.
44 깊고 그윽함.
45 고여 있고. 떠받치고 있고.
46 옷깃과 요대처럼.
47 방아 찧는 소리.
48 방아 찧는 소리를 냄. 세모(歲暮)에 이웃집에서는 조(粟)를 찧어 설음식을 마련하는데, 백결선생(百結先生)의 집은 가난하여 방아 찧을 곡식이 없어 아내가 상심하자 거문고로 방아 찧는 소리를 연주하여 아내를 위로해 주었다는 이야기가 전함. 이것이 후대에 방아소리[대악(碓樂)]로 전해졌다고 함.

018

上상元원⁴⁹佳가節졀 三삼五오夜야⁵⁰에 내 홀노 안자시니

門문우회 月월色식이요 뜰 아리 松송陰음일다

景경光광도 죠커이와 幽우興흥이 그지 업다

019

道도峯봉의 寧영國국洞동을 芒망鞋혀로 드러오니

巍외巍외혼 兩양賢현書셔院원⁵¹ 樹슈林님間간의 뵈는고나

守슈僕복⁵²아 門문 녀러라 致치敬경⁵³ᄒ고 가자셔라

020

蒼창崖익는 削삭立닙ᄒ고⁵⁴ 洞동門문이 열녀는듸⁵⁵

隱은隱은혼 瀑폭布포쇼리 洞동中듕의 擾오亂란ᄒ다

兩양賢현의 씨친 ᄌ최 못내 사랑ᄒ노미라

021

金금水수亭뎡⁵⁶ 올나보고 蒼창玉옥屛병⁵⁷ 나려가니

---

49 정월 대보름(음력 1월 15일).

50 15일 밤.

51 조광조와 송시열을 배향한 도봉서원(道峯書院). 서울시 도봉구 도봉산 입구에 위치한
    서원으로, 조광조가 어릴 때부터 도봉산 영국동(寧國寺라는 절에서 유래한 이름)을
    왕래하며 자연을 즐겨, 처음에는 영국서원이라고 명명했다가 선조 때 도봉서원으로
    사액을 받았음.

52 조선 시대, 묘·사·능·원·서원 따위의 제사에 관한 일을 맡아보던 관리.

53 경의를 표함.

54 창애삭립(蒼崖削立). 푸른 절벽이 가파르게 우뚝 서 있음.

55 열렸는데.

蒼창壁벽과 澄징潭담이오 銀은鱗린과 玉옥尺척일다
吐토雲운床상 어듸미요 蓬봉思ᄉ舊구跡젹[58] 차즈리라
楊蓬萊朴思菴嘗遊於此 봉래 양사언과 사암 박순이 이곳에서 놀았다.

022

玉옥屛병書셔院원[59] 瞻쳠拜비하고 白빅鷺노洲쥐 차자가니
臥와龍룡潭담 기푼 모시 구름이 머허레라[60]
釣조臺대의 올나 안자 갈 길 잇고 잇노라

023

孔공子ᄌᆞ는 大대聖셩이라 周듀流류天텬下하 ᄒᆞ여셔도
行힝道도[61]을 못ᄒᆞ시니 그 쓰지 슬푸도다
날가탄 後후學학이야 더옥 일너 무슴ᄒᆞ리

024

거문고 손의 들고 猗의蘭란操조[62]을 노ᄅᆞᄒᆞ니

---

56 경기도 포천시 창수면 오가리에 소재한 정자.
57 포천의 옥병서원 근처에 있는 암각문. 석봉(石峯) 한호(韓濩, 1543~1605)의 글씨가
    바위에 세겨져 있음. 이곳에 박순의 별업(別業)이 있었고, 박순이 주변의 경물 11가지에
    이름을 붙였으며, 한호(韓濩)가 글씨를 써서 돌에 새겼다고 한다. 11가지는 배견와(拜鵑
    窩)·이양정(二養亭)·백운계(白雲溪)·청랭담(淸冷潭)·토운상(吐雲床)·산금대(散
    襟臺)·청학대(靑鶴臺)·백학대(白鶴臺)·명옥연(鳴玉淵)·수경(水鏡)·와준(窪尊)
    등. 『경기도읍지(京畿道邑誌)』 卷3. 〈영평읍지 누정 제영(永平郡邑誌 樓亭 題詠)〉.
58 봉래(蓬萊) 양사언(楊士彦, 1517~1584)과 사암(思菴) 박순(1523~1589)의 옛 자취.
59 경기도 포천군 창수면 주원리에 박순(朴淳)을 배향한 서원.
60 머흘다. 험하고 사납다.
61 세상에 유가의 도를 행함.

淸청風풍을[은] 門문을 녈고 明명月월은 窓창의 온다
鍾죵子ㅈ期긔 업셔시니 伯백牙아픔음을 뉘라 알니[63]

025
沙사溪계先션生싱[64] 文문元원公공은 栗률翁옹高고弟졔[65] 尤우老
노師ㅅ라[66]
門문路노[67]도 嚴엄正졍ᄒ고 淵연源원도 崇숭深심ᄒ다
道도基긔書셔院원[68] 祇지謁알[69]ᄒ고 仰앙慕모一일念념 그지 업서
ᄒ노라

026
安안城셩郡군 迦가葉엽寺사을 일 업시 차자가니

---

62 공자가 천하를 돌아다니다가 뜻을 이루지 못하고 고향인 노(魯)나라로 돌아오던 길에
   난초(蘭草)를 보고 지은 거문고 곡조(琴曲)로, 뜻을 이루지 못한 자신의 처지를 한탄하
   는 내용을 담고 있음.
63 백아(伯牙)는 춘추 시대의 거문고 명인이며 종자기(鍾子期)는 백아의 거문고 소리를
   누구보다 잘 이해하는 친구였다. 종자기가 병에 걸려 죽자 백아는 자신의 연주를 더이상
   알아 줄 사람이 없다며 거문고 줄을 끊고 다시는 연주하지 않았다고 함. 백아절현(伯牙
   絶絃). 지음(知音).
64 사계(沙溪)는 조선 선조와 인조 연간에 활동했던 유학자 김장생(金長生, 1548~1631)
   의 호. 김장생은 문묘에 종사된 해동 18현 중의 한 사람으로, 자(字)는 희원(希元),
   본관은 광산.
65 율옹고제(栗翁高弟)는 율곡(栗谷) 이이(李珥, 1536~1584)의 제자들 가운데서 학식과
   품행이 특히 뛰어난 제자라는 뜻.
66 우노사(尤老師)는 우암(尤菴) 송시열(宋時烈, 1607~1689)을 말함.
67 문로(門路)는 학문의 길.
68 사계(沙溪) 김장생(金長生)을 배향하기 위해 1663년에 경기도 안성시 안성읍에 세웠
   던 서원.
69 지알(祇謁). 공손히 절하며 참배하는 것.

板판上상의 사긴 記긔文문 先션君군[70]의 遺유跡적일다
ᄆᆞ옴이 슬푼 중의 風풍樹수痛통[71]을 뉘 禁금ᄒᆞ리

027

靜졍退퇴書셔院원[72] 瞻쳠拜ᄇᆡᄒᆞ고 講강堂당의 나와 안ᄌᆞ
尋심院원錄녹[73]을 녀려보니 先션君군 啣함字ᄌᆞ 계시도다
嗚오呼호라 癸계未미三삼月월[74] 몃 히런고 觸쵹目목傷상心심 그
지업셔 ᄒᆞ노라

028

黃황山산[75]의 竹쥭林님書셔院원[76] 風풍景경도 絶졀勝승ᄒᆞ다
我아東동方방 七칠先션生ᄉᆡᆼ이 往왕來ᄂᆡᄒᆞ야 노로시니
遺유塵진剩잉馥복[77] 끼친 ᄌᆞ최 이제가지 宛완然년ᄒᆞ다

029

八팔卦괘亭뎡[78] 올나안ᄌᆞ 江강水슈롤 구버보니

---

70 작가의 부친인 경암(敬菴) 조연귀(趙衍龜, 1726~?)를 말함.
71 부모님을 오래 모시지 못한 슬픔. "나무는 고요하려고 하나 바람이 그치지 않고, 자식은
   봉양하려고 하나 부모님은 기다려주시지 않는다.(樹欲靜而風不止 子欲養而親不
   待)"라는 말에서 유래한 표현.
72 1634년에 충남 아산 배방읍에 세운 서원. 조광조 이황, 맹희도, 홍가신 배향.
73 서원을 찾아와 이름을 남긴 방명록.
74 1763년 3월.
75 충남 논산의 옛 지명.
76 1626년 충청남도 논산시 강경읍 황산리에 건립하여 이이(李珥), 성혼(成渾), 김장생(金
   長生)을 배향한 서원. 조광조(趙光祖), 이황(李滉), 송시열(宋時烈)을 추가 배향.
77 남긴 자취와 남아있는 향기.

銀은鱗린玉옥尺쳑 쒸노는듸 秋츄水슈長쟝天텬 훈 빗칠다
江강湖호의 無무限한限한興흥을 淸쳥歌가의 부치리라

030

華화城셩을 依의止지호여 南남方방을 바라보니
顯현隆늉園원[79] 松송柏빅木목이 푸름도 푸를시고
슬푸다 滿만眼안風풍物물이 우리 聖셩上샹孝효心심[80]悲비라

031

春츈風풍三삼月월 好호時시節졀의 龍용頭두閣각[81]을 올나보니
千쳔絲사垂수柳류 빗겨는듸 白빅蝶뎝黃황鳥죠 紛분紛분호다
두어라 大대丈장夫부의 萬만端단愁수心심을 오놀놀 풀니로다

032

三삼冬동의 布포衣의 입고 嚴함穴혈의 깁피 두러
聖셩上샹[82]의 큰 恩은澤틱을 이분 젹이 업건마는
蒼창梧오의 히지다 호니 몯늬 셜워호노라[83]

---

78 죽림서원 앞의 정자.
79 경기도 화성시 안녕동에 있는 사도세자의 묘소.
80 사도세자에 대한 정조(正祖)의 효심.
81 화성의 동북각루인 방화수류정(訪花隨柳亭)의 다른 이름.
82 정조(正祖, 1752~1800).
83 순임금이 남쪽 지방을 순행하다가 창오산(蒼梧山)에서 붕어(崩御)했음. 여기서는
     1800년 정조대왕의 붕어를 말한 것으로 보임.

033

定뎡山산[84]의 雞계鳳봉寺사[85]는 高고王왕考고[86] 讀독書서騷쇼라
禪션窓창의 列녈卦괘沙사[87]는 그 어닉 째로썬고
己긔巳ㅅ年년 遯돈世셰意의을 아나 이 뉘 이시리

034

高고王왕考고 愚우拙졸先션生싱[88] 松숑翁옹[89]後후 一일人인이라
曠광世셰學학[90] 出출天텬孝효[91]을 흔 몸의 兼겸ᄒ시되
子ᄌ孫손이 屛잔微미[92]ᄒ니 旌뎡表표[93]홀 긔약 업다

035

漢한北북州쥐[94] 累누百빅 빅 너 밧긔 누롤 보라 와쏘던고
旅여窓창이[95] 病병이 드니 슬푸기 그지 업다

---

84 충청남도 청양의 옛 지명.
85 충남 청양군 목면 계봉산에 있는 사찰.
86 고조부.
87 모래 위에 그어 놓은 괘(卦). 모래 위에 괘를 그리며 『주역(周易)』을 열심히 공부했다는 뜻.
88 조익주(趙翼周, 1639~1706)의 자(字)는 익지(翼之), 호(號)는 우졸(愚拙). 낙정(樂靜) 조석윤(趙錫胤, 1605~1655)의 문인. 직암 조태환의 고조부이다.
89 조정(趙鼎, 1497~1561)의 자(字)는 정지(鼎之), 호(號)는 송은(松隱). 조광조의 문하에서 공부. 기묘사화로 벼슬을 접고 은거함. 호조참의(戶曹參議)에 증직(贈職)됨.
90 세상의 학문을 밝힘.
91 하늘이 낸 효자.
92 나약하며 변변치 못함.
93 충(忠)·효(孝)·열(烈) 등 착한 행실을 세상에 널리 드러내어 알림. 또는 그것을 알리기 위해 세운 비(碑)나 문.
94 한양.
95 객지에서.

뉘라셔 살녀내여 故고鄕향의 도라가리

036

旅녀窓창을 依의止지ᄒ여 偶우然연이 ᄭᆷ을 ᄭᅮ니
故고鄕향의 興흥兒ᄋ[96]쇼리 반갑기 그지업다
ᄌᆞᆷ을 ᄭᅢ야 도라보니 寂젹寂젹三삼更경 月월明명中듕이라

037

渼미陰음津진 石셕室실祠사[97]의 누고누고 뫼와ᄂᆞᆫ고[98]
거록다 仙션淸쳥家가[99] 世세道도德덕[덕][100] 忠츙孝효 兼겸ᄒ엿다
瞻텸拜비코 奉봉審심ᄒ니 景경仰앙之지心심 졀노 난다

038

驪녀州쥐牧목 婆파娑사城셩[101]은 우리 趙조氏씨 婺무源원[102]이라
先션塋영도 뫼와잇고[103] 宗죵族족도 사ᄂᆞᆫ고나
歲셰一일祭졔[104] 다 罷파ᄒᆞᆫ 後후에 ᄯᅥ나가니 섭섭ᄒ다

---

96 이름에 '흥(興)'자가 들어간 어린 아들.
97 경기도 남양주시 석실마을에 김상용(金尙容, 1561~1637)과 김상헌(金尙憲, 1570~
    1652)을 추모하기 위해 세웠던 석실서원(石室書院).
98 모셨는고.
99 선청(仙淸)은 선원(仙源) 김상용과 청음(淸陰) 김상헌을 아울러 이르는 말.
100 여러 대의 도덕(道德)의 표상.
101 경기도 여주시 대신면 천서리 파사산에 쌓은 삼국 시대의 산성.
102 주자(朱子)의 탄생지로, 여기서는 자신의 집안의 근원을 의미함.
103 모셔 있고. 모셨고.
104 5대 이상 선조의 산소에 10월에 한번 지내는 묘제(墓祭). 시제(時祭).

039

萬만壑학松숑亭뎡 구름 쇽의 草쵸屋옥三삼間간 지어두고

琴금書서消쇼憂우[105] 호는 곳의 有유酒듀盈영樽쥰[106] 호여셔라

小쇼子ㅈ아 淸쳥歌가一일曲곡 부른 後후에 一일杯비一일杯비

호여보자

040

山산頭두의 閑한雲운起긔호고 水수中즁의 白빅鷗구飛비라

無무心심코 多다情졍호니 근심을 이즐노다[107]

世셰上상의 알 니 업스이 너와 同동樂낙 호오리라

041

鈴영平평[108]의 花화石셕亭뎡[109]은 뉘라셔 지어는고

懸현板판의 사긴 그리 栗률[율]翁옹[110]의 八팔歲셰詩시[111]라

---

105 거문고 악보로 우울함을 달램.
106 술이 술통에 가득함.
107 이현보(李賢輔, 1467~1555)의 〈어부단가(漁父短歌)〉 제 4수에 유사한 표현이 있음.
     山頭에 閑雲이 起호고 水中에 白鷗이 飛이라
     無心코 多情호니 이 두 거시로다
     一生애 시르믈 닛고 너를 조차 노로리라.
108 경기도 파주(坡州)의 옛 이름.
109 경기도 파주군 파평면 율곡리.
110 율곡(栗谷) 이이(李珥, 1537~1584).
111 율곡 이이가 8세에 지은 시 〈화석정(花石亭)〉을 말함. "숲 속 정자에 가을이 저무니,
     시인의 마음 끝이 없네. 먼 강물은 하늘에 맞닿아 푸르고, 서리 맞은 단풍은 해를 향해
     붉구나. 산은 외로운 달을 토하고, 강은 만리의 바람을 머금었네. 변방 기러기는 어디로
     가는지, 저문 구름 속으로 울음 소리 사라지네.(林亭秋已晚 騷客意無窮 遠水連天碧
     霜楓向日紅 山吐孤輪月 江含萬里風 塞鴻何處去 聲斷暮雲中)"

거록다 道도德덕文문章장 그디도록 夙숙成성훈가

042

臨님津진江강 絶졀勝승風풍景경 一일國국의 有유名명커눌
扁편舟쥬롤 어더 타고 江강上상의 中듕流류ᄒ니
夕셕陽양의 無무限한興흥을 몯내 계워 ᄒ노라

043

高고麗려國국 五오百빅載지을 開기城성府부셔 ᄒ다거늘
南남門문을 도라드러 滿만月월臺대¹¹²을 올나보니
舊구宮궁은 터히 업고 殘잔郭곽만 나마잇다

044

南남門문의 올나안ᄌ 國국都도룰 구버보니
崩붕城성¹¹³과 破파壁벽¹¹⁴이요 浮부雲운과 流뉴水쉬로다
古고國국興흥亡망을 이졔와 生싱覺각ᄒ니 悲비感감키 그지업다

045

착홀씨고 圃포隱은先션生싱¹¹⁵ 竭갈忠듕報보國국¹¹⁶ ᄒ랴다가
壬임申신四사月월 初쵸四ᄉ日일의 善션竹쥭橋교의 殉순節졀ᄒ니

---

112 개성에 있는 고려의 왕궁 터를 이르는 말.
113 무너진 성곽.
114 깨진 성벽.
115 정몽주(鄭夢周, 1337~1392).
116 충성을 다해 국가의 은혜에 보답함.

지금의 丹단心심歌가[117] 한 曲곡調조을 몬내 슬허ᄒ노라

046

練년光광亭뎡[118] 名명勝승樓누의 四사方방을 周듀覽남ᄒ니

長장城셩一일面면 溶용溶용水수요 大대野야東동頭두 點점點점

山산이라[119]

아희야 지쵹 마라 桂계月월三삼更경 발가셰라

047

天텬下하의 第졔一일江강山산 練년光광亭뎡 ᄯ이런가

朱듀蘭난嵎옹의 써 건 글ᄌ[120] 雄웅壯장도 흠도ᄒ다

幽유興흥을 몬내 계워 長장歌가一일曲곡 부러잇다

048

箕긔聖셩[121] 곳 아니시면 九구夷이[122]을 뉘 變변ᄒ고

殷은나라 井뎡田뎐遺유制졔 東동國국의 옴겨 잇다

仁인賢현祠사[123] 奉봉審심ᄒ고 몬내 사모ᄒ여 ᄒ노라

---

117 정몽주의 시조.

118 평양의 대동강(大同江) 가에 있는 누각.

119 고려 시대의 시인 김황원(金黃元, 1045~1117)의 시. "긴 성벽 한쪽은 도도하게 흐르는 물이요, 넓은 벌판 동쪽엔 점점의 산이라네.(長城一面溶溶水 大野東頭點點山)"

120 중국사신 주란우[朱蘭嵎, 주지번(朱之蕃)]가 '천하제일강산(天下第一江山)'이라는 글씨를 현판에 써서 연광정 안에 걸어놓았음.

121 기자조선의 시조로 알려져 있는 전설상의 인물인 기자(箕子).

122 『후한서(後漢書)』〈동이전(東夷傳)〉에 구이의 구체적 명칭으로 견이(畎夷)·우이(于夷)·방이(方夷)·황이(黃夷)·백이(白夷)·적이(赤夷)·현이(玄夷)·풍이(風夷)·양이(陽夷)가 나옴.

049

直직菴암의 一일居거士ᄉ로 花화山산124이 손이 되야
姓성名명을 隱은匿닉ᄒ니 아나 이 바히 업다125
人인心심이 날과 다르니 눌과 셔로 同동樂낙ᄒ리

050

鳳봉凰황山산126 바라보고 博박枳기峴현127을 차자가니
白빅楊양128蕭쇼蕭쇼 一일孤고墳분이 우리父부母모 幽유宅퇴일다
泉천臺대가 寂젹寞막ᄒ니 무슨 ᄆᆞᆯ슴 엿자올고

051

墓묘庭뎡의 올나셔서 瞻쳠掃쇼129코 封봉塋영ᄒ니
슬푸기 恨한이 업셔 눈물이 절노 난다
九구泉천이 아득ᄒ니 어나 ᄒᆡ 뵈야오리

---

123 평양에 있는 인현서원(仁賢書院). 1576년에 감사 김계휘(金繼輝) 등을 중심으로 한 지방유림이 창건하여 기자의 영정을 모셨고, 1608년(선조 41)에 '인현(仁賢)'이라 사액되었음.
124 경기도 안성시 고삼면 봉산리 꽃뫼마을의 옛 이름이 화산(花山)임.
125 〈연산별곡〉에 "鳶연巖암山산 기푼 골의 陶도處쳐士ᄉ의 몸이 되냐 / 姓성名명을 隱은匿닉ᄒ니 아나 이 바히 업다"라는 구절이 있는 것으로 보아 아산 처소를 노래한 것으로 보임.
126 경기도 안성시 양성면 덕봉리.
127 직암 선친의 묘소가 있는 안성의 고개 이름.
128 무덤가에 많이 심어놓는 나무.
129 살피고 쓸어냄.

052

德덕峯봉¹³⁰의 混혼然년齋지¹³¹는 言언語어動동止지 君군子즈로다
孔공門문의 從죵遊유ᄒ면 冉념閔민¹³²을 붓그올가
平평日일의 사ᄅᆞᆷ홈을 못 이져 ᄒ노미라

053

家가運운이 좀비替톄ᄒ야¹³³ 荊형人인¹³⁴이 旣긔沒몰ᄒ니¹³⁵
膝슬下하의 어린 子즈女녀 뉘라셔 成셩就취ᄒᆞᆯ고
寂젹寞막ᄒᆞᆫ 空공房방의 홀노 안즈 叩고盆분痛통¹³⁶을 못 금ᄒᆞᆯ다

054

鷰연岩암山산 花화溪계上상의 無무心심이 안즈시니
松숑風풍은 거문고요 杜두鵑견聲셩은 노러로다
世셰上상이 모로시니 예셔 一일生싱 노로리라

055

數수尺쳑朽후 杞긔梓지木목을 良양工공은 바리지 아니 ᄒ건마는

思ᄉ聖셩¹³⁷이 업스시니 苟구變변을 뉘라 알고¹³⁸
書셔案안을 依의止지ᄒᆞ야 못ᄂᆡ 恨한歎탄 ᄒᆞ노미라

056

子ᄌ女녀을 成셩長장ᄒᆞ야 加가冠관¹³⁹于우歸귀¹⁴⁰ ᄒᆞᄂᆞᆫ 날의
父부母모 亡망室실¹⁴¹ 生싱覺각ᄒᆞ니 一일喜희一일悲비 간절ᄒᆞ다
그러나 老노漢한¹⁴²의 願원ᄒᆞᄂᆞᆫ 바ᄂᆞᆫ 壽슈富부多다男담¹⁴³ 永영受슈福복이라

057

南남固고山산城셩¹⁴⁴ 올나와셔 全젼州쥐을 살펴보니
聖셩祖죠의 興흥龍용地지¹⁴⁵요 甄견郎낭의 馳치馬마臺대¹⁴⁶라

---

137 공자의 제자 자사(子思).
138 전국 시대 때 자사가 위나라에 기거하면서 위나라 임금에게 구변(苟變)이 장수감이라
　　고 말하였다. 위후(衛侯)가 말하기를, "구변이 백성들에게 부세를 걷으면서 남의 계란
　　두 개를 먹었기 때문에 쓰지 않습니다." 하였다. 자사(子思)가 말하기를, "몇 아름이
　　되는 버드나무나 가래나무는 몇 자 정도가 썩었을지라도 양공(良工)은 버리지 않습니
　　다(杞梓連抱猶 有數尺之朽 良工不棄). 지금 임금께서는 전국 시대에 살고 있으면서
　　계란 두 개 때문에 간성(干城)의 장수를 버리시니, 이 사실은 이웃 나라에 소문나지
　　않게 해야 합니다." 하니, 위후가 재배하고서 말하기를, "삼가 말씀을 따르겠습니다."
　　하였다. 『공총자(孔叢子)』〈거위(居衛)〉.
139 관례(冠禮)를 치러 갓을 씀. 성인이 되었다는 뜻.
140 신부가 혼인한 후 처음으로 시집으로 들어감.
141 죽은 아내.
142 늙은 사내.
143 수부다남(壽富多男). 장수와 부귀, 자손이 많음.
144 전라북도 전주시 완산구 동서학동에 있는 산성. 후백제를 세운 견훤이 이곳에 고덕산성
　　을 쌓았다는 설이 있음.
145 조선 태조(太祖) 이성계(李成桂)의 본향(本鄕).
146 후백제의 견훤(甄萱)이 말을 달리던 곳.

아마도 我아國국萬만萬만年년 基긔業업은 이 山산水슈 淑숙氣
긔가 ᄒ노라

058

寒한碧벽堂당¹⁴⁷ 노푼 집의 緩완步보ᄒ야 올나가니

華화榱최¹⁴⁸ᄂ 催최巍외ᄒ고 丹단雘확¹⁴⁹은 玲영瓏농ᄒ다

아마도 湖호南남 名명勝승樓누ᄂ 五오十십州쥬예 옛¹⁵⁰ ᄲᅮᆫ인가
ᄒ노라

059

靑텽蘿나煙연月월 사립쟉을 白빅雲운深심處텨 다〃시니

寂젹寂젹松송林님 개 츠즌들¹⁵¹ 寥요寥요雲운壑학[학]¹⁵² 졔 뉘 오리

아희야 唐당虞우天텬地지¹⁵³ 이 아니냐 葛갈天텬氏씨民민¹⁵⁴ 나
ᄲᅮᆫ인가 ᄒ노라

060

草쵸堂당의 春튠睡슈足족ᄒ니 窓창外외예 日일遲지遲지라

---

147 전라북도 전주시 완산구 교동에 있는 누정.
148 단청을 그린 아름다운 서까래.
149 단청(丹靑).
150 여기.
151 짖은들.
152 구름에 싸인 적막한 골짜기.
153 요순 시대. 태평성대.
154 갈천씨(葛天氏) 시대의 백성. 태평성대를 의미함. 갈천씨는 중국 고대 전설상의 제왕으로, 이상적 정치를 펼쳐 태평했다고 하여 성군(聖君)이라고 함.

門문밧긔 긔 즈즌들 어늬 王왕孫손 차자오리
어듸셔 喚환友우鸚잉[155]은 잠든 나롤 씨오난고

061

頹퇴然연玉옥山산[156] 醉취호 후에 石셕頭두閑한眠면 잠을 드니[157]
安안車거駟스馬마[158] 꿈 슉이요 美미水슈佳가山산 이리 업다
아마도 松숑壇단의 紫자芝지歌가[159]는 이늬 生싱涯인가 호노라

062

나히[160] 발셔 늘거시니 무숨 功공名명 生싱覺각호리
萬만頃경 蒼창波파의 鶴학髮발 漁어翁옹되야
白빅日일이 照조滄창浪낭홀 제[161] 오명가명 호리라

---

155 벗을 부르는 앵무새.
156 용모가 매우 아름다운 사람이 술에 취해 넘어짐.
157 차천로(車天輅, 1556~1615)의 가사 〈강촌별곡(江村別曲)〉에 동일한 표현(頹然玉山 醉한 後에 石頭開眠 잠을 드러)이 있음.
158 임금이 내려주는 안거와 사마. 부귀영화를 의미함.
159 진(秦)나라 말기에 난리를 피하여 상산(商山)에 은거한 네 노인 즉 동원공(東園公)·기리계(綺里季)·하황공(夏黃公)·녹리선생(甪里先生) 등 사호(四皓)가 자지(紫芝) 즉 자줏빛 영지버섯을 캐 먹으면서 〈자지가(紫芝歌)〉를 지어 부른 고사에서 유래한 것이다. 보통 산속에 숨어 사는 것을 비유하는 말로 쓰임.
160 나이가. 나ㅎ(나이의 고어)+이.
161 밝은 해가 창랑(滄浪)의 물을 비출 때. 초나라 굴원(屈原)의 〈어부사(漁父辭)〉에 "창랑의 물이 맑으면 내 갓끈을 씻고 창랑의 물이 흐리면 내 발을 씻으리라.(滄浪之水淸兮可以濯吾纓 滄浪之水濁兮可以濯吾足)"라는 구절이 있다. 세상이 맑으면 의관을 정제하고 벼슬에 나아가며, 세상이 혼탁하면 자연에 은거하며 수기(修己)를 하겠다는 사대부의 출처관(出處觀)을 표현한 것임.

063

剛강直직호면 豪호悍한타[162] 是시非비호고 柔유仁인호면 庸용劣
널타[163] 나모라니

曉효曉효혼[164] 이 世세上상의 行힝世세호기[165] 어렵도다

두어라 松숑間간의 綠녹樽쥰노코 長장醉취不불醒셩[166]호리다

064

世세上상의 벗님네들 炎념涼냥取취人인[167] 그만 호쇼

黃황金금이 다 盡진호니 차쟈오 리 뉘 이시리

奇긔特특다 舊구巢쇼鷰연[168]은 오늘도 오는고나

065

鷰연山산下하 岩암穴혈 쇽의 白빅玉옥이 무텨시니

往왕來내호는 벗님네들 돌이라 호는고나[169]

두러[어]라 알 니 없스니 돌인 쳬 害히로오랴

---

162 거칠고 사납다고.

163 못났다고.

164 말이 많은.

165 처신하기. 처세하기.

166 술을 계속 먹어 깨지 않음.

167 더움과 서늘함을 보고 사람을 취함. 이해관계만을 따져서 다른 사람과 교유함을 이르는 말.

168 작년에 둥지를 틀었던 제비.

169 춘추 시대 초나라 사람 변화(卞和)가 박옥(璞玉, 겉이 돌로 싸인 품질이 좋은 옥)을 얻어 여왕(厲王)에게 바쳤는데 여왕은 가짜라고 의심한 나머지 그의 왼발을 베었고, 무왕(武王)도 역시 알아보지 못한 채 오른발을 베었다. 그 뒤 문왕(文王)이 즉위하자 변화가 박옥을 안고서 3일간 주야를 피눈물을 흘리며 슬피 우니, 문왕이 옥장인에게 가공하게 하니 과연 보옥(寶玉)이었다는 고사가 있다. 『한비자(韓非子)』〈화씨(和氏)〉.

066

芒망鞋혀[헤]緩완步보¹⁷⁰ 夕셕陽양天텬의 九구節졀竹죽杖장 둘러 집고

十십里니沙사汀졍 나러가니 白빅鷗구閑한眠면 무슴 일고

두어라 雲운林님의 無무恨호興흥을 碌녹碌녹世셰人인¹⁷¹ 어이 알니

067

神신明명舍¹⁷²사 지은 後후에 仁인義의로 城셩을 싸고

大대司스寇구¹⁷³ 나와 안즈 四스勿물旗긔¹⁷⁴로 審심察찰호니¹⁷⁵

어듸셔 外외物물矛모賊적¹⁷⁶이 太一일君군¹⁷⁷을 엿볼쇼냐

068

孔공庭뎡栢빅¹⁷⁸ 버혀닉여 岐기路로을 마가 두고

丹단田젼을 터흘 삼고 德덕室실노 집을 삼아

---

170 짚신을 신고 천천히 걸음.

171 평범하고 보잘 것 없는 세상 사람.

172 마음. 송(宋) 면재(勉齋)가 "심(心)이란 신명의 집이니, 허령 통철(虛靈洞徹)하여 뭇 이치를 갖추고서 모든 사물을 수응(酬應)하는 것이다."라고 하였음.

173 공자(孔子). 공자가 노(魯)나라의 형부상서(刑部尙書)인 '대사구(大司寇)'를 역임했음.

174 네 가지 하지 말아야 하는 내용을 쓴 깃발. "예가 아니면 보지 말고(非禮勿視), 예가 아니면 듣지 말며(非禮勿聽), 예가 아니면 말하지 말고(非禮勿言), 예가 아니면 움직이지 말라.(非禮勿動)" 『논어』〈안연(顔淵)〉.

175 자세히 살피니.

176 외물모적(外物蝥賊)의 오기. 해충 같은 외물. 외물(外物)은 본래부터 자신이 지닌 것이 아닌 후천적으로 외부로부터 부여된 부귀공명(富貴功名)을 말함.

177 태일(太一)은 천지만물의 생성의 근원 또는 우주의 본체로, 이 작품에서 태일군(太一君)은 외물에 의해 더럽혀지지 않은 순수한 마음을 의미함.

178 서원이나 향교에서 공자의 위패를 모신 대성전(大成殿) 뜰의 잣나무.

仁인義의禮녜智지로 이은 後후에[179] 드러볼가 ᄒ노라

069

濂념溪계[180]의 沐모浴욕ᄒ고 明명道도[181]쎄 기룰 무러

伊이川텬[182] 니물 건너가셔 晦회菴암[183]의 잠을 자고

언졔나 三삼達달德덕[184] 모든 길의 誠셩意의關관[185]을 드러볼고

070

爲위學학之지要요方방[186]이 知지와 行힝 두 가지라

鳥죠兩양翼닉 車거兩양輪륜[187]이니 齊졔頭두幷병進진[188] ᄒ여가셔

偏편重즁 곳 아니ᄒ면 聖셩賢현도기 쉬우리라

071

우리壻서郞랑[189] 兪유寂최柱듀는 市시南남先션生싱[190] 肖쵸孫숀[191]

---

179 (지붕을) 엮은 후에.

180 북송 시대의 유학자 주돈이(周敦頤, 1017~1073)의 호. 도학(道學)의 창시자.

181 북송 시대의 유학자 정호(程顥, 1032~1085)의 호. 동생 정이(程頤)와 더불어 주돈이의 학문을 계승.

182 북송 시대의 유학자 정이(程頤, 1033~1107)의 호. 명도(明道) 정호(鄭顥)의 동생.

183 주희(朱熹, 1130~1200). 주돈이 이래 계승된 도학을 집대성한 것을 주자학(朱子學) 또는 성리학(性理學)이라고 함.

184 어느 경우에도 통하는 세 가지 덕. 지(智)·인(仁)·용(勇).

185 성리학에서 뜻을 성실히 하는 공부를 관문에 비유한 것.

186 위학지요방(爲學之要方). 학문을 하는 가장 중요한 방편.

187 조양익거양륜(鳥兩翼車兩輪). 새는 날개가 둘이고 수레는 바퀴가 두 개임.

188 머리를 가지런히 하고 나란히 나아감. 지(知, 앎)고 행(行, 실천) 두 가지를 어느 쪽에도 기울지 않도록 균형을 맞춰 정진함.

189 사위.

이라

守수操조[192]는 玉옥人인이오 文문翰한[193]은 佳가士ᄉ로다

앗갑다 不불幸힝短단命명 死사ᄒ니 悲비痛[통]계워 ᄒ노라

072

玉옥儀의[194]는 눈의 黯암黯암ᄒ고 金금聲성[195]은 귀의 錚징錚징ᄒ니

鐵쳘石셕肝간腸장 아니어든 견듸어 보낼손가

아희아 中듕心심의 疚구留뉴ᄒ니[196] 가슴 답답 ᄒ여라

073

朱주夫부子ᄌ 栗률谷곡先션生싱 身신後후事ᄉ을 뉘게로 付부託
특ᄒ고

黃황勉면齋지[197] 金김愼신齋지[198]는 遺유訓훈을 밧자왓다

슬푸다 이닉 命명道도[199] 奇긔險험[200]ᄒ여 賢현壻셔[201]롤 일커고나

---

190 유계(兪棨, 1607~1664). 충남 금산 용강서원(龍江書院)에 송시열·송준길·김원행·
　　송명흠 등과 함께 배향되었음.

191 훌륭한 손자.

192 지조를 지킴.

193 글을 짓거나 글씨를 쓰는 일.

194 옥같이 아름다운 모습.

195 쇠처럼 맑은 목소리.

196 마음의 병으로 남아있으니.

197 송나라의 유학자 면재(勉齋) 황간(黃幹). 주희(朱熹)의 사위이자 뛰어난 제자였음.

198 신재(愼齋) 김집(金集, 1574~1656). 율곡 이이의 제자.

199 운명.

200 기박하고 험함.

201 뛰어난 사위.

074

사롬이 주거갈 졔 갑슬 주고 사량이면²⁰²

顏안淵년이 무됴死스홀 졔 孔공子ㅈ 아니 사계시랴²⁰³

아마도 仁인而이未미壽수之지理니²⁰⁴는 몰니 슬허 ᄒ노라

075

尤우菴암先션生싱 宋숑夫부子부ㅈ²⁰⁵을 平평生싱의 景경仰앙터니

靑텽川쳔倉창²⁰⁶ 드러와셔 墓묘前젼의 瞻쳠拜비ᄒ니

御어筆필노 사긴 碑비²⁰⁷가 輝휘煌황도 함도ᄒ다

076

深심山산의 벗을 차자 閑한雅아洞동을 드러오니

一일頃경은 荒황田젼이오 數수間간은 蝸와屋옥일다

ᄆ옴이 閑한雅아ᄒ니 놀고갈가 ᄒ노라

077

黃황昏혼의 이러안져 雙쌍窓창을 열고 보니

---

202 사람의 수명을 값을 치르고 살 수 있다면.
203 안 사셨겠는가? 안연(顏淵)은 공자가 가장 아꼈던 제자인 안회(顏回)로, 31세를 일기로 요절하여 공자가 매우 슬퍼했다고 함.
204 사람이 어질어도 장수를 하지 못하는 이치.
205 우암(尤菴) 송시열(宋時烈, 1607~1689). 정조가 우암을 존숭하여 공자나 맹자와 같은 성인의 칭호인 송자(宋子)로 불렀음.
206 충북 괴산군 청천면.
207 묘소 아래 정조 3년(1779)에 정조의 어필로 '유명조선국 좌의정 우암송선생묘(有明朝鮮國 左議政 尤庵 宋先生墓)'라고 새겨진 신도비가 세워져 있음.

松숑風풍과 蘿나月월이오 靑텽山산과 煙연樹슈로다

白빅雲운이 過과庭뎡ᄒ니 내 벋진가 ᄒ노라

078

擎경天텬壁벽[208] 奇긔혼 바회 하놀을 괴야잇다

天텬斧부로 싹가ᄂ가 鬼귀巧교로 셰워ᄂ가

아마도 第졔一일名명勝승은 옛 ᄲᅵᆫ인가[209] ᄒ노라

以下 華陽九曲歌 이하 화양구곡가

079

雲운影영潭담[210] 기푼 모셰 구름비티 비최었다

銀은鱗린과 玉옥尺쳑드리 물결을 戲희弄롱ᄒ니

夕셕陽양의 홀노 셔서 幽유興흥 계워 ᄒ노라

080

泣읍弓궁巖암[211] 올나 안자 抱포膝슬ᄒ고[212] 長장吟음ᄒ니

---

208 화양구곡 중 제 1곡. 하늘을 떠받치고 있는 절벽이라는 뜻.

209 여기뿐인가.

210 화양구곡 중 제 2곡. 구름 그림자를 비추는 못이라는 뜻. 주희의 〈관서유감 이수(觀書有感二首)〉 중 첫 번째 시에 "반 이랑의 네모난 연못에 하나의 거울이 열리니, 하늘빛과 구름 그림자가 함께 배회하네. 묻노니 어찌하여 저렇듯 맑은가? 근원에 활수가 있기 때문이라네.(半畝方塘一鑑開, 天光雲影共徘徊. 問渠那得淸如許, 爲有源頭活水來)"라고 하여, 마음 상태가 명경지수(明鏡止水) 같음을 천광운영(天光雲影)에 비유하였음.

211 화양구곡 중 제 3곡. 1659년 효종이 승하하자 우암 송시열이 매일 읍궁암 위에서 무릎을 감싸 활처럼 구부리고(弓) 목이 메도록 울었다(泣)고 하여 읍궁암(泣弓巖)이라고 함.

212 무릎을 감싸고.

尤우翁옹²¹³의 끼친 자최 이졔도 依의舊구ᄒ다
아마도 溪계間간의 嗚오咽열聲셩²¹⁴은 遺유恨ᄒ인가 ᄒ노라

081
金금沙사潭담²¹⁵ 기푼 물이 말금도 말글씨고
皎교皎교ᄒ²¹⁶ 모린 우희 纖셤鱗린²¹⁷을 혜리로다
斜사陽양의 낙디을 메고 못닌 노라 ᄒ노라

082
瞻쳠星셩臺대²¹⁸ 層층巖암上상의 별가치 노파 잇다
石셕壁벽의 사긴 그리 寶보墨묵²¹⁹이 輝휘煌황ᄒ니
아마도 大대明명 젹 天텬地지는 이 싸인가 ᄒ노라

083
凌능雲운臺대²²⁰ 올나셔서 四사方방을 바라보니
雲운山산은 疊쳡疊쳡ᄒ고 澗간水수는 潺잔潺잔²²¹ᄒ다
夕셕陽양이 져 갈 젹의 쒸는 고기 더옥 죠타

---

213 우암 송시열.
214 목이 메도록 우는 소리.
215 화양구곡 중 제 4곡. 맑은 모래에 해가 비치면 금빛으로 보이는 못이라는 뜻.
216 희디 흰.
217 작은 물고기의 섬세한 비늘.
218 화양구곡 중 제 5곡. 층층이 쌓인 바위의 모양이 경주의 첨성대를 닮았음.
219 첨성대 바위에 명나라의 의종(毅宗)의 어필로 '비례부동(非禮不動)'이라는 글씨가 새
　　겨져 있음.
220 화양구곡 중 제 6곡. 우뚝 솟은 바위가 구름을 능가할 정도로 높이 솟은 대라는 뜻.
221 물이 졸졸 흐르는 소리.

084

臥와龍뇽巖암²²² 누은 바회 靑텽龍뇽인가 黑흑龍뇽인가

溪계반畔의 透위逶이ㅎ야²²³ 玉옥波파을 戱희弄롱ㅎ니

磐반石셕이 平평鋪포훈 딕²²⁴ 瀑폭布포 쇼릐 宏굉壯장ㅎ다

085

鶴학巢쇼臺대²²⁵ 노푼 臺대을 偶우然연이 登등臨님ㅎ니

白빅鶴학은 어듸 가고 뷘 딕만 나마나니

바회 우희 셧는 矮왜松숑²²⁶ 긔 더옥 奇긔異이ㅎ다

086

巴파串환²²⁷이 有우[유]名명커늘 緩완行힝ㅎ여 드러오니

飛비湍단²²⁸은 奔분流류ㅎ되 水슈勢셰는 巴파字ㅈ로다

岩암底졔[저]의 써둔 일음 小쇼朝됴廷뎡을 일워잇다

087

進진德덕門문²²⁹ 依의止지ㅎ고 華황陽양洞동을 살펴보니

---

222 화양구곡 중 제 7곡. 길게 누운 바위의 모습이 용을 닮았음.

223 구불구불하여.

224 넓게 펼쳐진 곳에.

225 화양구곡 중 제 8곡. 바위산 위의 낙락장송(落落長松)에 백학이 둥지를 틀었다고 하여 지어진 이름.

226 작은 소나무.

227 화양구곡 중 제 9곡. '파곶이'라고 부름. '곶'은 '꿰다'의 뜻으로 말린 감을 꿴 '곶감'의 '곶'과 동일. 물이 너럭바위 사이로 구불구불 파(巴)자(字) 모양으로 흐름.

228 날듯이 세차게 소용돌이를 만들며 흘러가는 물.

229 화양서원(華陽書院)의 정문. 화양구곡 중 제 4곡 〈금사담(金沙潭)〉 맞은편에 있음.

靑텽山산은 疊첩疊첩이오 碧벽溪계는 曲곡曲곡이라
紅홍塵진이 드러올가 別별有유天텬地지 여긔로다

088

萬만事사을 다 이즈니 一일身신이 閑한暇가ᄒ여
凌능雲운臺딕²³⁰ 碧벽溪계 우희 혼ᄌ 안ᄌ 賦부詩시ᄒ니
앗갑다 壺호中듕天텬地지²³¹의 夕셕陽양이 지ᄂᆞ고나

089

山산嫌혐俗쇽態틴開긔雲운色식이오 樓누斥쳑塵진譚담伴반水슈
聲셩²³²을
滄챵浪낭歌²³³가 혼 曲곡調됴乙[을] ᄲᅦ그어 부러시니
奇긔特특다 洞독[동]中듕風풍物믈 반기ᄂᆞ 듯ᄒ여라

090

岩암捿셔齋지²³⁴ 혼ᄌ 안ᄌ 金금沙사潭담을 구버보니

---

230 화양구곡 중 제 6곡.
231 호공(壺公)이란 신선이 저잣거리에서 약을 팔고 있었는데, 모두 그저 평범한 사람인
줄로만 알고 있었다. 하루는 비장방(費長房)이란 사람이, 호공이 천장에 걸어 둔 호로
속으로 들어가는 것을 보고는 비범한 인물인 줄 알고 매일같이 정성껏 그를 시봉하였더
니, 하루는 호공이 그를 데리고 호로 속으로 들어갔는데, 호로 속은 완전히 별천지로
해와 달이 있고 선궁(仙宮)이 있었다 한다. 『신선전(神仙傳)』〈호공(壺公)〉.
232 산이 속세의 모습을 싫어하여 구름을 펼쳤고, 누각은 세속의 잡소리 물리치려고 물소리
와 짝을 이뤘네.
233 초나라 굴원(屈原)의 〈어부사(漁父辭)〉에 "창랑의 물이 맑으면 내 갓끈을 씻고 창랑의
물이 흐리면 내 발을 씻으리라.(滄浪之水淸兮 可以濯吾纓 滄浪之水濁兮可以濯吾
足)"라는 구절이 있음. 세상이 맑으면 의관을 정제하고 벼슬에 나아가며, 세상이 혼탁하
면 자연에 은거하며 수기(修己)를 하겠다는 사대부의 출처관(出處觀)을 표현한 것임.

흐르나니 물결이오 쮜노나니 고기로다
冠관버서 石셕壁벽의 걸고 못내 노라 ㅎ노라

091

우리나라 宋숑夫부子ㅈ²³⁵는 東동國국의 聖셩人인이라
學학問문은 紫ㅈ陽양²³⁶이오 大대義의는 春춘秋츄²³⁷로다
遺유祠ㅅ²³⁸을 내와 보니²³⁹ 秋츄陽양²⁴⁰生싱覺각 그지업다

092

草쵸堂당²⁴¹의 드러가니 萬만卷권書셔 싸혀눈듸
躑쳑躅쵹杖장²⁴² 璇션璣긔玉옥衡형²⁴³ 左좌右우희 노혀도다
우리 尤우翁옹 계오신가 執집贄지請쳥學학²⁴⁴ ㅎ여볼가

---

234 금사담(金沙潭) 위쪽 너럭바위 위에 세운 우암 송시열의 서재(書齋).

235 우암 송시열. 정조가 송시열을 존숭하여 송자(宋子)라고 하였음.

236 주희(朱熹)의 별호(別號).

237 춘추대의(春秋大義)는 주(周)나라를 존숭하고 오랑캐를 물리치는 '존주양이(尊周攘夷)'의 의리를 이르는데, 여기서는 명(明)나라를 높이고 오랑캐를 배척하는 의리를 말함.

238 사당(祠堂).

239 나와 보니.

240 이 작품에서는 춘추(春秋)와 자양(紫陽)을 합친 의미로도 보이고, 가을볕(秋陽)이라는 의미로도 보인다. 증자(曾子)가 공자의 인품을 찬양하면서 "장강(長江)과 한수(漢水)의 물에 깨끗이 세탁해서 따가운 가을 햇볕에 말리면 그보다 더 하얀 것이 있을 수 없는 것과 같다.(江漢以濯之 秋陽以暴之 皜皜乎不可尙已)"라고 비유한 말이 『맹자(孟子)』〈등문공상(滕文公上)〉에 나옴.

241 암서재(巖棲齋)를 말함.

242 철쭉나무로 만든 지팡이.

243 천문 관측기구인 혼천의(渾天儀).

244 집지(執贄)하여 배움을 청함. 집지(執贄)는 제자가 스승을 처음 뵐 때 예물을 가지고 가서 경의를 표하는 것을 말함.

093

兩냥皇황帝계[245] 기픈 恩은惠혜 罔망極극도 흠도ᄒ다

萬만東동廟묘[246] 지으시니 仙션靈영이 와계신가

一일治치堂당[247] 나와 안ᄌ 生싱覺각ᄒ니 悲비慘참ᄒ다

094

煥환章장寺ᄉ[248] 잠을 ᄭ야 東동方방을 바라보니

崇숭禎정[249] 젹 발근 日일月월 山산上상의 도다 온다

紀긔僧승아 밥 지어라 萬만東동廟묘 奉봉審심ᄒ자

095

竹죽杖쟝을 숀의 쥐고 仙션遊유洞동[250]을 드러오니

煙연霞하가 기푼 곳의 水슈石셕 쇼릐 새로워라

奇긔異이타 別별世셰界계을 이졔야 보리로다

096

仙션遊유亭뎡 올나 안ᄌ 碁긔局국岩암[251]을 구버보니

磐반石셕도 조커이와 臥와龍뇽瀑폭[252]이 奇긔異이ᄒ다

---

245 임진왜란 때 원군을 보낸 명나라 신종(神宗)과 명나라의 마지막 황제 의종(毅宗).

246 화양서원 안에 명나라의 신종과 의종의 위패를 모셔놓은 곳.

247 화양서원의 강당.

248 화양동에 있었던 절의 이름. 지금은 우암 송시열 문집의 목판 5,000여 장이 대전의 남간정사(南澗精舍)에 보관되어 있지만, 본래 이곳에 보관되어 있었음.

249 명나라의 마지막 황제 의종(毅宗)의 연호(年號).

250 화양동계곡과 선유동계곡은 이어져 있음.

251 선유구곡 중 제 7곡.

仙션人인이 어듸믜요 塵진心심을 씨스리라

097
仙션隱은岩암²⁵³ 올나셔셔 臥왈龍룡瀑폭을 구경ㅎ니
隱은隱은흔 瀑폭布포쇼리 五오音음六뉵律뉼 가쵸왓다
手수舞무코 足족蹈도ㅎ니 客긱愁수을 이즐노다

098
靑텽山산의 물을 쓸와 龍뇽華화洞동²⁵⁴을 드러오니
竹쥭塢오의 鷄계聲셩이오 花화村촌의 犬견吠폐로다²⁵⁵
白븩晝듀의 柴싀門문을 다〃시니 武무陵능桃[도]源원인가 ㅎ노라

099
報보恩은의 俗속離니山산을 小쇼金금剛강이라 일컷거눌
속새목을 너머드러 中듕獅ㅅ菴암²⁵⁶을 차자가니
梵범宮궁²⁵⁷이 고요ᄒᆞ듸 쇠북쇼리 반가왜라

---

252 선유구곡 중 제5곡.
253 선유구곡 제 9곡 선은암(隱仙庵).
254 속리산과 백악산 사이. 지금의 상주 화북면 지역.
255 계성(鷄聲)과 견폐(犬吠)는 닭이 우는 소리와 개가 짖는 소리로, 민가(民家)가 가깝다
  는 뜻임.
256 보은 삼년산성 내 보은사의 암자 중사자암(中獅子庵). 법주사에서 문장대로 올라가는
  길에 있음.
257 법주사(法住寺).

100

金금剛강窟굴굴²⁵⁸ 기푼 굴은 林님將장軍군²⁵⁹의 削삭髮발處텨라

往왕跡젹이 茫망昧미ㅎ니²⁶⁰ 눌다러 무눌소니

竹쥭杖장을 依의止지ㅎ고 不불勝승悲비感감²⁶¹ㅎ여라

101

文문壯장臺디²⁶² 노푼 峯봉의 天텬然년이 올나가니

天텬上상인가 仙션境경인가 모옴도 爽상豁활[활]ㅎ다

三삼韓한이 어듸런고 眼안前젼의 咫지尺[척]일다

102

水슈晶졍峯봉²⁶³ 올나 안즈 洞동口구롤 구버보니

五오層층樓누 千천佛불殿젼²⁶⁴이 眼안前젼의 宛완然년ㅎ다

엇더타 龜귀石셕頭두²⁶⁵는 무슴 일노 버혀눈고

---

258 속리산 문장대 근처.

259 병자호란 때의 명장 임경업(林慶業, 1594~1646).

260 오고 간 흔적이 모호하니.

261 비통함을 이길 수 없음.

262 문장대(文章臺)는 법주사에서 동쪽으로 약 6km 지점, 상주시 화북면 장암리에 위치한 해발 1,054m의 석대로 정상에는 석천이 있다. 문장대는 원래 구름 속에 묻혀 있다 하여 운장대(雲藏臺)라 하였다. 그러다 조선 시대 세조가 복천에서 목욕하고, 이곳 석천의 감로수를 마시면서 치병(治病)할 때 문무 시종과 더불어 날마다 대상에서 시를 읊었다하여 문장대라 부르게 되었다는 전설이 있음.

263 법주사의 서쪽 봉우리.

264 법주사 팔상전(八相殿).

265 거북바위의 머리. 속리산 수정봉의 거북바위(龜石)로, 목 부분이 부러진 것을 2023년 5월 법주사 각운 스님이 복원하였음.

103

判판官관族족兄형 知지縣현²⁶⁶ 쩍의 우리 先션君군 노로실시

龜귀石셕의 버린 勝승宴연 눌다러 무룰쇼니

이제와 生싱覺각ᄒ니 悲비感감도 홈도ᄒ다

族兄台福氏嘗宰報恩時 先君往遊故云云 족형 태복씨가 일쯕이 보은군수

였을 때 아버님께서 가서 노셨기 때문에 말한 것이다.

104

江강山산을 議의論논ᄒ면 黃황山산²⁶⁷이 第졔一일이오

溪계山산을 議의論논ᄒ면 華화陽양²⁶⁸이 第졔

105

言언忠듕信신 行ᄒᆡᆼ篤독敬경ᄒ야 極극盡진이 操조心심ᄒ면

내 몸의 法법이 되고 남 아니 무이나니²⁶⁹

一일生싱의 일을²⁷⁰ 가져 日일三삼省셩ᄒ여 볼가 ᄒ노라

106

閭녀有유塾숙 堂당有유庠상과 術쥬有유序셔 國[국]有우[유]學흑은²⁷¹

---

266 보은 군수.

267 황산서원(黃山書院). 충청남도 논산시 강경읍 황산리에 있는 죽림서원(竹林書院)의
   옛 이름.

268 화양서원(華陽書院). 충청북도 괴산군 화양리.

269 미워하나니.

270 이것을. 언충신행독경(言忠信行篤敬)을.

271 숙(塾)은 가(家)의 글방이고, 상(庠)은 당(黨, 500家)의 학교이며, 서(序)는 술(術,
   12,500家)의 학교이며, 학(學)은 나라(國)의 학교임.

三삼代디教교人인 遺유法법이라 揖읍讓양所쇼習습 厚후컨마는[272]
어쩌타 科과擧거ㅡ일節졀[273] 行힝ᄒᆞ여셔 可가惜셕人인材지[274] 다
그르ᄂᆞᆫ고[275]

107

冠관服복을 썰쳐 입고 大대成셩殿젼[276]의 드러가니
孔공孟밍顔안曾증 뫼와ᄂᆞᆫ듸[277] 十십哲쳘[278]羣군賢현 버려셰라
卓탁上상의 獻헌酌작[279]ᄒᆞ고 물너셔니 諄순諄순明명敎교[280] 뫼야
온 듯ᄒᆞ여라

108

牙아山산縣현 仁인山산書셔院원 五오賢현[281]의 遺유祠ᄉᆞ로다
秋추享향[282]을 당ᄒᆞ여셔 首수獻헌[283]의 納납名명ᄒᆞ니[284]

---

272 예법으로 익히는 바가 두텁건만.
273 오직 과거시험만을.
274 아까운 인재(人材).
275 모두 그르치는가?
276 문묘(文廟)에서 孔子(공자)의 위패를 모셔놓은 전각.
277 모셨는데.
278 공자의 뛰어난 열 명의 제자를 가리키는 말로, 안연(顔淵)·민자건(閔子騫)·염백우(冉伯牛)·중궁(仲弓)·재아(宰我)·자공(子貢)·자로(子路)·자유(子游)·자하(子夏)·염유(冉有)를 가리킴.
279 술잔을 올리고.
280 자상하고 명확한 가르침.
281 김굉필(金宏弼)·정여창(鄭汝昌)·조광조(趙光祖)·이언적(李彦迪)·이황(李滉).
282 가을에 지내는 제사.
283 가장 먼저 잔을 올림. 수헌관(首獻官).
284 방명록이 이름을 씀.

講강席석의 참예혼 듯 心심神신이 恍황惚홀ᄒ여 ᄒ노라

109

南남塘당²⁸⁵陶도菴암²⁸⁶ 兩냥先선生싱이 道도德덕文문章쟝 거록ᄒ다
心심性셩氣긔質질 다르모로 湖호洛락²⁸⁷이 갈러시니
世셰上상 션븨님니 公공平평議의論논 ᄒ여보쇼

110

우리나라 投투牋젼²⁸⁸法법이 어두로셔²⁸⁹ 낟단말가
져마다 妖요惑혹ᄒ여 無무厭염之지慾욕²⁹⁰ 쑨니로다
뉘라셔 禁금止지ᄒ야 仁인義의性셩을 回회復복홀고

111

世셰上상의 少소年년드라 文문學혹孝효悌졔 심쎠 ᄒ고
부질 업슨 投투牋젼法법을 須슈臾유間간의²⁹¹ 부듸 마쇼
敗픽家가도 ᄒ랴이와 亡망身신인들 아니홀가

---

285 한원진(韓元震, 1682~1751). 호론(湖論).
286 이재(李縡, 1680~1746). 낙론(洛論).
287 조선 성리학에서, 인성(人性)과 물성(物性)을 다른 것[인물성이론(人物性異論)]으로 보는 호론(湖論)과 같은 것[인물성동론(人物性同論)]으로 보는 낙론(洛論)으로 나뉨.
288 여러 가지 그림이나 문자 따위를 넣어 끗수를 표시한 종이 조각을 가지고 승부를 가리는 놀이.
289 어디에서.
290 실증을 내지 않는 욕심. 끊임없는 욕심.
291 잠깐 사이에. 잠시라도.

112

하놀게 性셩을 타나 仁인義의禮녜智지 가자써니

七칠情졍²⁹²이 發발動동호야 善션惡악이 논회엿다

小소子자ㅇ 中듕²⁹³을 부듸 일홀셔라 盜도蹠쳑²⁹⁴되기 須슈臾유間

간의 잇ㄴ니라

113

世세上상의 少소年년드라 驕교滿만²⁹⁵한 쳬 너무 마쇼

傾경家가홀²⁹⁶ 根근本본이오 亡망身신홀 徵징兆조로다

周듀公공은 文문王왕子즈 武무王왕弟졔²⁹⁷로되 一일毫호驕교氣

긔을²⁹⁸ 아녀 ㄴ니

114

文문穆목公공 閔민尙상書셔²⁹⁹는 驪녀陽양³⁰⁰瞻셤村쵼³⁰¹ 賢현孫

---

292 희로애락애오욕(喜怒哀樂愛惡欲).

293 중도(中道). 중용(中庸). 어느 쪽으로 치우침이 없이 올바르며 변함이 없는 상태.

294 춘추 시대 노(魯)나라의 큰 도둑으로 노나라의 재상인 유하혜(柳下惠)의 아우임.

295 '교만(驕慢)'의 오자.

296 집안이 기울. 집안이 망할.

297 주공(周公)은 주(周)나라 문왕(文王)의 넷째 아들이자 무왕(武王)의 동생으로 무왕을
    도와 상(商)나라를 멸망시키고 주 왕조를 창업하는 데 기여함. 주나라의 예악과 법도를
    정비하고, 봉건 제도를 정착시켜 봉건 국가로서의 기틀을 다짐. 무왕이 죽은 후에는
    어린 성왕을 대신하여 약 7년간 섭정하면서 왕실 내외부의 반란을 진압. 유가에서는
    주나라의 제도 대부분을 만든 그를 성인으로 존경함.

298 조금의 교만한 기색을.

299 민종현(閔鍾顯, 1735~1798). 號(호)는 한계(寒溪), 시호(諡號)는 文穆(문목). 의례(儀
    禮)에 밝아 예조판서(禮曹判書)를 지냈으며, 『국조보감(國朝寶鑑)』을 찬집했음.

300 경기도 여주.

301 영조 대의 문신인 민우수(閔遇洙, 1694~1756)의 호. 자는 사원(士元), 정암(貞菴),

손이라

世세閥벌이 隆융爛혁ᄒᆞ고 文문章쟝齒치德덕³⁰² 兼겸ᄒᆞ여도

愛ᄋᆡ人인下하士ᄉᆞ³⁰³ 極극盡진ᄒᆞ니 至지今금의 못 이즐가 ᄒᆞ노라

115

朝됴廷뎡의 계신 분니 黨당論논ᄒᆞ기 中듕止지ᄒᆞ소

君군子ᄌᆞ黨당 小소人인黨당은 업지 못ᄒᆞ려이와

부질 업슨 偏편論논³⁰⁴ᄒᆞ미 有유害히無무益익 ᄲᅮᆫ이로다

116

져 黨당論논을 져리 ᄒᆞ고 南남征졍北북伐벌 가랴는가

傳젼子ᄌᆞ傳젼孫손 심쎠 ᄒᆞ되 兵병法법의 다 못 드럿니

忠튱厚후公공平평 ᄆᆞᄋᆞᆷ 가져 保보民민謀모策칙³⁰⁵ ᄒᆞ여보소

117

世셰上상의 사ᄅᆞᆷ드라 色식慾욕을 警경戒계ᄒᆞ쇼

伐벌性셩斧부³⁰⁶ 陷함人인坑깅³⁰⁷이 이밧긔 ᄯᅩ 업나니

시호는 문간(文簡). 김창협(金昌協)·권상하(權尙夏)의 문인으로, 신임사화(辛壬士禍) 이후 초야에서 학문에 전념하다가, 영조 대에 등용되어 벼슬이 대사헌(大司憲)에 이르렀음. 저서로 『정암집(貞菴集)』이 있음.

302 학문과 나이와 덕망.

303 사람을 사랑하고 선비에게 자신을 낮춤.

304 당파에 치우친 논의.

305 백성들을 보호할 계책을 도모함.

306 본성을 해치는 도끼.

307 사람을 위험에 빠트리는 구렁텅이.

操조守수³⁰⁸ 곳 못 구드면 禽금獸슈되기 쉬우리라

118

酒듀色싁의 잠긴 분니 揚양揚양³⁰⁹호 체 너무 마소

英영雄웅豪호傑걸 이 아니라 夏하桀걸殷은紂듀³¹⁰ 짝기 되리

저는 비록 죠타호나 末말稍쵸患환³¹¹을 엇지 홀고

119

술이라 호는 거슨 狂광藥약이오 非비佳가昧미라

謹근厚후性셩을 옴겨다가 凶흉險험類뉴 결노 되니

古고今금의 傾경敗피者자³¹²을 歷녁歷녁히 볼지어다

120

世셰上상의 사롬드라 兩냥班반 자랑 너무 마쇼

兩냥班반이 兩냥班반 아녀 行힝實실이 兩냥班반이라

진실노 行힝實실 곳 업셔시면 兩양班반이라 이를쇼냐

121

學학宮궁³¹³의 벗님네들 聖셩模모賢현範범³¹⁴ 酬수酌작³¹⁵호쇼

---

308 꽉 잡고 지키는 것.
309 의기양양(意氣揚揚).
310 하(夏)나라의 걸(桀)과 은(殷)나라의 주(紂)는 모두 폭군(暴君)임.
311 마지막의 우환.
312 패가망신(敗家亡身)한 사람.
313 성균관과 각 고을 향교의 별칭.

戲희謔학³¹⁶雜잡談담 法법 아니라 東동銘명³¹⁷의 내여시니
이닉 妄망言언 아니로다 警경戒계ᄒ여 보쇼 그러

122

校교宮궁³¹⁸은 孔공子ᄌ廟묘라 至지重듕키 그지 업다
講강明명義의理리 홀 고지오³¹⁹ 戲희謔학酒쥬談담 아닐 듸라³²⁰
픔오黨당의³²¹ 션븨님네 부듸 操조心심 ᄒ여셔라

123

富부貴귀롤 憑빙藉쟈ᄒ고 貧빈人인을 賤텬待대 마쇼
술의박쾨 도 드ᄒ니³²² 흔 스롬이 혼자 홀가
하늘을 놉다 마쇼 보시고 降강罰벌³²³ᄒ시리라

124

文문墨묵從죵事사³²⁴ ᄒᄂ 스롬 아넌 쳬 부듸 마쇼

---

314 성현을 본받음.
315 서로 말을 주고받음.
316 실없는 농담.
317 북송(北宋)의 학자 장횡거(張橫渠, 1020~1077)가 자신의 서재 동쪽 창 아래 걸어놓고 학생들을 경계했던 잠명(箴銘).
318 각 지방에서 공자의 위패를 봉안했던 문묘(文廟).
319 할 곳이요.
320 아니 (하는) 곳이라.
321 우리 당(黨)의. 우리 고을의. 당(黨)은 500가(家)의 단위임.
322 수레바퀴 돌 듯하니. 부귀한 사람이 가난해지기도 하고, 가난한 사람이 부귀해지기도 한다는 뜻.
323 벌(罰)을 내림.
324 글을 짓고 글씨 쓰는 것으로 일을 삼음.

배홀 거시 바히 업고 眼안下하無무人인 절노 되리

不불恥치下하問문[325] 聖셩訓훈이라 이닉 妄망言언 아니로쇠

125

宗종族족[326]은 同동根근이라 薄박待대을 부딕 말고

饑긔飽포寒한煖난[327] 혜아러셔 救구濟졔謀모策칙[328] ㅎ여보쇼

엿져긔[329] 范범相상國국은 義의田젼宅틱[330]을 두어ᄂᆞ니

126

財지物물取취利니[331] ㅎᄂᆞ 스룸 窮궁族족들 救구濟졔ㅎ쇼

그 一일家가 업셔지면 快쾌홀 것 바히 업데

患환難난과 急급ᄒᆞ 일의 分분明명 쓸 듸 이시리라

127

貧빈富부ᄂᆞ 不불三삼世셰[332]라 그 財지物물 업셔지고

窮궁族족 다시 致치富부ㅎ면 그 아니 붓글올가

이보쇼 賙듀窮궁恤휼餽[貫]궤[333] 和화睦목ㅎ여 부듸 損손傷샹 마

---

325 아랫사람에게 묻는 것을 부끄럽게 여기지 않음.
326 일가친척.
327 굶주림, 배부름, 추움, 따뜻함.
328 구제할 계책을 도모함.
329 옛적의. 옛날의.
330 오(吳)나라의 재상. 범문정공(范文正公). 녹봉의 대부분을 종족(族人)들에게 균일하게 주고, 가난한 종족을 구제하기 위해 이전택(義田宅)을 만들었음.
331 재물로 이익을 취함.
332 가난과 부유함은 3대를 가지 않음.
333 주궁휼궤(賙窮恤匱). 곤궁한 사람을 도와주고 없는 사람을 구휼함.

라셔라

128

사룸을 救구濟졔홈이 萬마[만]事ᄉ의 大대義의理니라

엿젹의 賢현人인君군子ᄌ 不불惜셕千쳔金금[334] ᄒᆞ엿ᄂᆞ니

世셰上상의 挾협富부ᄒ 니[335] 죰인嗇식혼 체 너무마쇼

129

虎호狼낭蜂봉蟻의[336] 鵙져鳩구[337] 等등과 鴻홍鴈안猩과然연[338] 녀

러 즘싱

稟品氣긔[339]는 偏편僻벽ᄒ나 一일端단仁인義의 가져잇다

허물며 사룸이야 禽금獸수만 못 홀쇼냐

130

堯요舜슌가튼 大대聖셩으로 朱츄均균[340]을 두어시니

後후世셰의 나는 스룸 더욱 일너 무슴ᄒ리

天텬意의가 그러 ᄒ시니 恨혼歎탄치 마라 보쇼

---

334 천금(많은 재물)을 아끼지 않음.

335 부유한 것을 믿는 사람. 부유한 사람.

336 호랑이, 이리, 나비, 개미.

337 물수리.

338 기러기, 원숭이.

339 하늘에서 타고난 기질.

340 요임금의 아들 단주(丹朱)와 순임금의 아들 상균(商均)은 모두 뛰어나지 못하여 왕위를 잇지 못함.

131

父부母모生싱之지 續속莫막大대오 君군親친臨님之지 厚후莫막
重듕³⁴¹이로다
移이孝효爲위忠듕³⁴² ᄒ여가셔 조곰도 放방過과³⁴³ 마쇼
이 ᄆᆞᆷ 일흔 後후면 禽금獸슈나 다을쇼냐

132

남의 門문閥벌 高고下[ᄒ]마쇼³⁴⁴ 사롬이 第졔一일이라
爲위人인 곳 不불似사ᄒ면³⁴⁵ 그 門문閥벌 쓸 듸 업듸
이보쇼 벗님네들 多다事ᄉ議의論논 不불緊긴³⁴⁶ᄒ오

133

秋츄懷회가 慘쵸慄뉼ᄒ야³⁴⁷ 사롬 生싱覺각 간절터니
玉옥가탄 鄭뎡小소年년³⁴⁸이 慇은懃근이 ᄎᆞᆺ는고나
반갑다 이 老노人인을 무슴 일노 ᄎᆞ자온다

---

341 부모가 그를 낳았으니 대를 잇는 것보다 큰 것이 없고, 임금이 그에게 임하니 (은혜의)
두터움이 더 중한 것이 없다. 『소학(小學)』〈명륜(明倫)〉.

342 효를 옮겨 충을 행함. 『효경(孝經)』의 "군자는 효성으로 부모님을 섬긴다. 때문에 충심
을 다해 (부모님에 대한 효성을) 임금에게 옮길 수 있는 것이다.(君子之事親孝 故忠可
移於君)"라는 말에서 나온 것.

343 방기(放棄). 내버리고 돌보지 않음.

344 문벌의 높고 낮음을 따짐.

345 위인불사(爲人不似). 사람됨이 사람 같지 않음.

346 긴요하지 않음. 필요 없음.

347 쓸쓸하여.

348 제자 정덕유(鄭德裕, 1795~1829).

134

黃황金금이 다 진호니[349] 볼 것시 업건마는

南남倉창의 一일妙묘年년[350]이 호올노 차쟈오니

반갑다 자내 ᄆᆞᆷ 이졔야 아리로다

135

南남倉창의 鄭뎡少소年년은 一일世셰의 佳가士ᄉᆞ로다

文문筆필도 奇긔妙묘호고 志지操조도 非비凡범호다

栗뉼翁옹[351]門문法법 심쎠 닷가 芳방年년을[352] 虛허度도도 마쇼

136

春츈堂당의 벗즐 만나 무어슬 酬슈酌쟉호고

聖셩模모賢현範범 말슴이오 孔공孟밍顔안曾증 道도統통이라

두어라 一일榻탑山산窓창의 두 ᄆᆞᆷ 비최엇다

▌별지(別紙) : 47〜52번 작품 수록 면 위에 첨부됨.

137

坡山倅[353] 離別호고 禦牧軒[354] 나려셔니

---

349 다 없어지니(盡).

350 한 젊은 사람. 정덕유(鄭德裕, 1795〜1829)로, 충남 아산 둔포면 남장(南倉) 지역에 거주했음.

351 율곡(栗谷) 이이(李珥, 1537〜1584).

352 청춘을.

353 경기도 파주목사(坡州牧使).

354 경기도 파주목(坡州牧) 동헌(東軒)의 별칭.

秋江의 鴻鴈드리 벗 부르는 소린로|

아마도 깁고 깊푼 이내 情을 못 니즐가 ᄒᆞ노라

138

坡館[355]의 벗즐 두고 셔로 난화 쩌나오니

悵然혼 이내 ᄆᆞᆷ 둘 듸도 바히 업다

一步코 도라보니 못 잇는 情이로다

139

希道院[356] 올나셔 〃 南方을 바라보니

燕岩山 노푼 峯이 宛然이 뵈는고나

奇特다 옛 顔面 반기는 듯ᄒᆞ여라

140

집 쩌ᄂᆞᆫ지 눌포[357] 되니 父母生覺 無窮ᄒᆞ다

언졔나 도라가셔 定省[358]을 ᄒᆞ여볼고

아마도 倚閭情[359]은 날노 倦 〃 ᄒᆞ시리라[360]

---

355 경기도 파주 객사.

356 경기도 평택시 흔치(希道, 흰길)고개에 있던 역원(驛院).

357 하루 이상이 걸치어진 동안.

358 혼정신성(昏定晨省). 밤에는 부모의 잠자리를 보아 드리고 이른 아침에는 부모의 밤새 안부를 묻는다는 뜻.

359 마을 입구의 문에 기대어 (자식이 돌아오기를) 기다리는 마음.

360 간절하시리라.

141

獰風³⁶¹이 臀發³⁶²ᄒ고 虐雪³⁶³이 훗날이니

이 中의 우리 父母 平安이 계옵신가

아마도 愛日情³⁶⁴은 못 이즐가 ᄒ노라

근화직암영언謹和直菴永言 [鄭文饒]

001

詩시言언志지 歌가永영言언ᄒ니³⁶⁵ 뜻 이슴을 말샴 혼가

年년齒치ᄂ 長장幼유연마ᄂ³⁶⁶ 志지槩개ᄂ³⁶⁷ 同동調죠로다³⁶⁸

보시오 先션儒뉴氏씨네도 誨회人인不불倦권³⁶⁹ ᄒ니이다

---

361 영풍(獰風). 모진 바람.

362 필발(臀發). 차가운 바.

363 학설(虐雪). 모진 눈발.

364 날을 아끼는 마음. 부모님과 함께 살 수 있는 날이 얼마 남지 않은 것을 애석하게 여김.

365 시(詩)는 뜻을 말로 표현한 것이고, 가(歌)는 말을 길게 읊는 것이다. 『서경(書經)』 〈순전(舜典)〉.

366 (선생님과 내가) 나이는 많고 적지만(차이가 많지만).

367 지개(志槩)는 의지와 기개를 아울러 이르는 말.

368 동조(同調)는 취향이나 생각이 같은 사람을 말함. 두보(杜甫)의 〈도보귀행(徒步歸行)〉에 "인생길서 사귐에는 노소 구별 없는 거고, 마음을 논함에는 먼저 동조 따질 필요 없다네. [人生交契無老少 論心何必先同調]"라고 함.

369 사람을 가르침에 게으르지 않음.

002

古고人인이 悲비秋츄[370]라ᄒᆞ니 人인生ᄉᆡᆼ衰쇠老노 긔 아닌가
生ᄉᆡᆼ覺각이 간절ᄒᆞ면 老노人인意의思ᄉᆞ 少쇼年년 아오
그러나 間간阻조山산川텬이[371] 이내 ᄯᅳᆺ을 막ᄌᆞ른 듯[372] 하여와라

003

直직菴암의 趙조處텨士ᄉᆞᄂᆞᆫ 今금世셰예 古고人인이라
文문筆필이 餘여事시[373]로쇠 志지操조만 崇숭尚상ᄒᆞ오
진실노 그러곳ᄒᆞ면 聖셩賢현同동歸귀ᄒᆞ리이다

004

世셰上상이 淆효薄박다고[374] 부듸 말ᄉᆞᆷ 마르시오
내 行ᄒᆡᆼ實실 正졍大대ᄒᆞ면 남의 是시非비 關관係겨홀가
밤듕만 玉옥漏누 질 졔[375] 붓그려워 ᄒᆞ노미라

---

370 전국 시대 초(楚)나라의 문인 송옥(宋玉)의 〈비추부(悲秋賦)〉에 "슬프도다, 가을의 기운이여. 쓸쓸하도다, 초목이 떨어져 변하고 쇠하여도다. 처창하도다. 타향에 있는 듯하구나. 산에 올라 물을 굽어봄이여, 돌아가는 이를 보내는구나.(悲哉 秋之爲氣也 蕭瑟兮 草木搖落而變衰 憭慄兮 若在遠行 登山臨水兮 送將歸)"라는 표현이 있음.
371 사이를 막은 험한 산천이.
372 막으려하는 듯.
373 그다지 중요하지 않은 일. 소일거리.
374 효박은 인심(人心) 같은 것이 쌀쌀하고 각박(刻薄)함을 말함.
375 집이 세어 빗물이 떨어질 때. 여기서는 집이 세어 떨어지는 물방울을 불괴옥루(不愧玉漏)의 뜻으로 사용하였다. 옥루는 방에서 가장 으슥한 서북쪽 모퉁이의 신주(神主)를 보관하는 곳으로, 사람들의 눈에 잘 뜨이지 않는 곳을 뜻함. 『시경(詩經)』 〈억(抑)〉에 "네가 방 안에 있는 것을 보건대 옥루에도 부끄럽지 않게 한다.(相在爾室 尙不愧于玉漏)"라고 하여, 혼자 있는 상태에서 신중히 하는 신독(愼獨)의 공부를 말하였음.

005

草초堂당春춘睡수 씨여보니 窓창外외遲지日일 져므럿다[376]

松숑壇단의 잠든 鶴학이 누를 보고 놀나는고

아희야 遞톄鍾종琴금[377] 드러라 峨아洋양曲곡[378]을 타보리라

006

父부母모生싱之지 ᄒ시니 續쇽莫막大대焉언이오

君군親친臨님之지 ᄒ시니 厚후莫막重듕焉언이로다[379] 移이孝효

爲위忠튱[380] 第졔一일義의을 우리 스승 날 쥬시니

아마도 事ᄉᆞ一일之지義의을 못니이져 ᄒ노미라

007

孔공孟밍程뎡朱쥬[381] 가신 後후에 靜졍退퇴栗늏尤우[382] 어듸신고

不부傳전之지學학 잇건마는 그 뉘라셔 이어닐고

---

376 촉한(蜀漢)의 재상인 제갈량(諸葛亮)이 융중(隆中)에 은거하고 있을 때 읊은 시 "초당
  에 봄잠이 넉넉하니, 창밖의 해는 더디기만 하구나. 큰 꿈을 누가 먼저 깰까, 평생을
  내 스스로 아노라.(草堂春睡足 窓外日遲遲 大夢誰先覺 平生我自知)"를 인용한 것.

377 백아(伯牙)가 탔던 거문고의 이름.

378 백아는 춘추 시대의 거문고 명인이며 종자기(鍾子期)는 백아의 거문고 소리를 누구보다
  잘 이해하는 친구였다. 백아가 높은 산을 연주하면 종자기가 "태산처럼 높고 높도다.(峨峨
  兮若泰山)"라고 평하였고, 흐르는 물을 연주하면 "강하처럼 양양하도다.(洋洋兮若江
  河)"라고 평했다는 아양(峨洋)의 고사가 있음. 『열자(列子)』〈탕문(湯問)〉.

379 부모가 그를 낳아 대를 잇는 것보다 큰 것이 없고, 임금이 그에게 임하니 (은혜의)
  두터움이 더 중한 것이 없다. 『소학(小學)』『명륜(明倫)〉.

380 효를 옮겨 충을 함. 『효경(孝經)』의 "군자는 효성으로 부모님을 섬긴다. 때문에 충심을
  다해 (부모님에 대한 효성을) 임금에게 옮길 수 있는 것이다.(君子之事親孝 故忠可移
  於君)"라는 말에서 나온 것.

381 공장·맹자·정자·주자.

382 정암 조광조, 퇴계 이황, 율곡 이이, 우암 송시열.

夕셕陽양이 지너머 갈 졔 懷회抱포 계워 ᄒ노미라

008

죵달새 너는 어이 屋옥中즁天텬의 써 잇ᄂ니

날기는 네 氣긔언마는 날게 ᄒ 理니 넨들 알냐

아마도 造조化화神신機긔을 形형言언ᄒ기 어러왜라

009

바롬이 쇼리 나면 나무입이 흔들리내

形형容용은 예 잇건ᄆᄂ 氣긔運운은 뎌를 빈다³⁸³

그르나 自ᄌ然연之지故고ᄂ 나도 몰나 ᄒ노미라

010

千쳔里리길 머다 마쇼 가고가면 다가 ᄂ니

ᄒ로 五오百빅里니롤 가도 아니 가면 虛허事ᄉ로셰

벋님네 발 지다³⁸⁴ 말고 쉬디 마쇼

011

칼 집고 닙더나셔 斗두北북³⁸⁵山산川쳔 바라보니

數슈千쳔里리 帝졔王왕居거이 二이百빅年년을 陸뉵沈침커다³⁸⁶

---

383 형용(形容, 나뭇잎이 흔들리는 모습)은 여기에 있건만 (나뭇잎이 흔들리게 한) 기운은 저것(바람)에서 빌어 왔다는 뜻.

384 발걸음이 빠름.

385 북두(北斗)의 북녘. 북쪽.

386 육침(陸沈). 나라가 외적(外敵)의 침입으로 망함.

뉘라셔 東동海히水수 기루러 다 씨셔나 볼고

012

陰음陽양五오行힝 理니氣긔 바다 戴대天텬立입地지[387] ᄒᆞ여시니

이 몸이 微미妙묘ᄒᆞ나 萬만物물이 最최靈령이라

날마다 셰 번식[388] 살펴 擴확充튱홀가 ᄒᆞ노ᄆᆞ라

右短歌 十二関, 妄以布鼓之音, 敢進雷門之下, 實不滿涔寂中, 一哂之資耳.

然而其中, 未必不有燒香之餘, 或供一覽耶.

이상 단가(短歌) 십이결(十二関)은 망령되이 포고(布鼓)의 소리로 감히 뇌문(雷門) 아래 바친 것이니, 실로 적적한 가운데 하나의 웃을 거리도 못될 뿐이다.[389] 그러나 적적한 가운데 향을 사르는 여가가 없지 않으실 것이니 혹시 한 번 보실 거리가 될는지?

제직암영언題直菴永言 [李德章]

001

鵡巖山 노피 난 峯은 湖西의 名山이오 牙州의 巨鎭이라

---

387 하늘을 이고 똑바로 섬.

388 하루에 세 번씩 자신을 돌아봄(一日三省).

389 '포고(布鼓)'는 베로 만든 북으로 소리가 잘 나지 않고, '뇌문(雷門)'은 회계(會稽)의 성문(城門)에 걸려 있는 큰북으로 소리가 멀리까지 들렸다고 함. 그래서 '포고'는 '뇌문'과 함께 있으면 무용지물이 된다는 것으로 조태환의 단가 작품이 높다는 정덕유의 겸사.

그 아릭 草屋三間 寂寞훈 고즌 直菴居士 書室일식

平生의 積累훈 工이 너와 갓치 崢嶸홀가[390]

興 ○尊德性

002

驪江[391]의 나린 물과 永平[392]의 무운 山이

漢陽三角 마다ᄒ고 一隅心村 무삼일고

아마도 山林淸景은 이 샏인가

比 ○道問學

003

聳山絶頂[393] 노피 안저 世間事을 生覺ᄒ니

禍福은 門이 업고 舜蹠은[394] 니게 잇네

貧富窮達이 自有命[395]ᄒ니 怨天尤人[396] 부듸 마오

賦 ○明善

004

胸中의 萬〃懷는 開口ᄒ면 病이 되고

---

390 우뚝할 것인가?
391 경기도 여주의 옛 지명.
392 경기도 포천의 옛 지명.
393 높은 산 정상.
394 순임금과 도척(盜跖)의 구분은 단지 이익을 탐하는 것과 선행을 좋아하는 사이에 있을 뿐이라는 뜻(欲知舜與跖之分, 無他, 利與善之間也.). (『맹자』〈진심 상(盡心上)〉).
395 본래 명(命)이 있음.
396 하늘을 원망하고 남을 탓함.

世上의 紛〃說은 捫鼻³⁹⁷ᄒ면 藥이 되ᄂᆡ

그러나 含糊兩可³⁹⁸와 趨利害義³⁹⁹는 아지 못게

賦　○明善省身

005

어지다고 다 貴ᄒ면 山林巖穴 쓸 듸 업고

巧惡다고 다 바리면 納污藏疾⁴⁰⁰ 그 뉘 ᄒᆞ고

動心忍性⁴⁰¹과 效尤益過⁴⁰²는 千秋의 蓍龜⁴⁰³로시

賦　○反己

006

聖學의 第一步ᄂᆞᆫ 괴로온 것 압희셔 ᄂᆡ

禮로 묵고 義로 베여 智慧을 궁구려셔 荊山의 石中物을 갈고 가

라 玉되는 듯 淇澳의 猗〃竹⁴⁰⁴을 집고 기어 簀갓흔 듯

---

397 문비(捫鼻). 논쟁이 일 경우 어느 한쪽에 치우치지 않고 중립을 지키는 것. 이수광(李睟光, 1563~1628)의 『지봉유설(芝峯類說)』에 "상국(相國) 강사상(姜士尙, 1519~1581)은 논쟁의 큰 줄기만을 파악하고 있을 뿐, 해당 사안에 대해 옳고 그름을 명확하게 말하지 않고 항상 코만 만졌다. 때문에 세상 사람들이 문비재상(捫鼻宰相)이라고 불렀다.(姜相 國某持大體 當事無甚可否 恒捫其鼻 故世稱捫鼻宰相)"는 기록이 있음.

398 함호양가(含糊兩可), 모호하게 모두 옳다고 함. 입장을 분명하게 밝히지 않음.

399 추리해의(趨利害義), 이익을 좇아 의를 해침.

400 납오장질(納污藏疾)은 더러움을 용납하고 미워하는 기색을 표시하지 않는 관용을 말함.

401 동심인성(動心忍性)은 인의(仁義)의 마음을 움직여 일으키고 기질(氣質)의 성품을 참아 억제하는 것. 『맹자』〈고자(告子)〉.

402 효우익과(效尤益過)는 잘못을 본받아 더욱 잘못하게 됨을 뜻함.

403 시귀(蓍龜)는 점을 치는 데 쓰이는 시초(蓍草)와 거북의 껍질. 나라의 중요한 일을 결정하는 데 중추적인 역할을 말함.

404 『시경(詩經)』〈위풍(衛風)〉기욱(淇澳)에, "저 기수의 후미진 곳을 보니, 푸른 대나무 가 아름답도다.(瞻彼淇澳 綠竹猗猗)"라는 구절이 있음. 이 시는 위(衛)나라 사람이

그러나 佛氏의 利刀削髮⁴⁰⁵과 墨子⁴⁰⁶의 磨頂放踵⁴⁰⁷은 治國樂天
ᄒ올손가

賦而比又賦 ○工夫

007

壁上의 걸닌 燈이 눌노ᄒ야⁴⁰⁸ 明暗ᄒ며

瓶中의 너흔 물은 그릇 ᄯ라 淸濁일세⁴⁰⁹

슬푸다 네 本體을 네 님으로⁴¹⁰ 몬 ᄒ올손가

比 ○明德 ○心之本體

008

놉피 ᄯᅳᄂᆞᆫ 져 솔기는 깃ᄯᅮ리지⁴¹¹ 안커구나

시기던가 지죠런가⁴¹²

萬彙⁴¹³의 自然홈을 너 혼ᄌᆞ만 엇다 하랴⁴¹⁴

위 무공의 높은 덕을 아름답게 여겨 부른 노래.

405 이도삭발(利刀削髮). 예리한 칼로 머리를 깎음.
406 묵자(墨子, 기원전 468~376)는 묵가(墨家)의 창시자. 묵가는 제자백가의 하나로 겸애(兼愛), 즉 나를 사랑하듯 모든 사람들을 사랑하는 인류애로서 평화를 정착시키는 것이 하늘의 뜻(天意)임을 내세운 사상.
407 마정방종(磨頂放踵)은 정수리에서부터 갈아서 발꿈치에 이른다는 말이다. 온몸을 가루로 만든다는 말이니 분골쇄신(粉骨碎身)이란 뜻.
408 누구(무엇) 때문에.
409 병 속에 넣은 물은 그릇(더러운 병과 깨끗한 병)에 따라 맑거나 탁해짐.
410 네 임의(任意)로. 네 마음대로.
411 깃들이지. 보금자리로 내려앉지.
412 (남이) 시킨 것인가, (타고난) 재주인가? 후천적인 것인가, 선천적인 것인가?
413 만휘(萬彙). 만물(萬物).
414 얻었다고 하겠느냐?

比 ○本然 ○天命之性

009

山中의 靈芝풀은 섂리 업시 난다 ᄒ고[415]

窓間의 螟蛉子[416]는 남이 졔가 되거고나

各″ 어든 元바탕을 變化ᄒ면 類가 업네

比 ○氣質

010

그렁 져렁 읍는 소리 넌즛 十闋[417] 되거고나

玄天은 幽默ᄒ고 仲尼는 無言ᄒ니

士子의 憎多口[418]을 길게 ᄒ야 쓸 듸 업네

賦 ○愼言[419]

右十篇, 碩彬所作, 而意味淺近, 晉格拙澁, 不敢拮掉於數君子淸高灑落
之韻, 而旣有言矣. 不可無名, 首章之興, 二章之比, 論直菴尊德性道問學
也. 三四兩章賦, 明善而重言之者, 不明乎善, 不信乎朋友, 故不厭煩而申

---

415 삼국 시대의 학자인 우번(虞翻)이 아우에게 보낸 편지 속에 "영지에 뿌리가 없고 예천에
근원이 없다.(靈芝無根, 醴泉無源)"라는 말이 있다. 『천중기(天中記)』 卷43. 뛰어난
인재는 가문이나 출신에 상관없이 나오는 법이라는 뜻.

416 명령자(螟蛉子), 양자(養子)를 가리키는 말. 『시경(詩經)』〈소완(小宛)〉에 "명령(螟
蛉, 뽕나무 벌레)이 새끼를 깠는데 과라(蜾蠃-나나니벌)가 업어 가네.(螟蛉有子 蜾蠃
負之)"라는 구절이 있음. 옛사람들은 나나니벌(蜾蠃)이 뽕나무 벌레(螟蛉)의 유충을
데려다가 자기의 양자로 삼아 길러서 나나니벌로 만든다고 믿었음.

417 10수.

418 말을 많이 하는 것을 싫어함.

419 『논어』〈위정편(爲政篇)〉에서 "많이 듣고 의심스러운 부분은 덜어내고 나머지를 조심
스럽게 말하면 허물이 적다.(多聞闕疑 愼言其餘 則寡尤)"라고 함.

之也. 五則要其反己, 通上二章, 皆賦也. 六言工夫, 工夫非一言可旣 故其辭長而義則賦而比也. 七八詠明德本然, 九則歎氣質變化, 右三章, 比體也. 末乃結之, 以愼言, 言爲戎好[420]之機, 故以是總會耳.

이상 십 편(十篇)은 석빈(石彬)이 지은 것으로 뜻과 맛이 천박하고 음격(音格)이 졸렬(拙劣)하며 난삽(難澁)하여 감히 여러 군자의 맑고 고상하며 깨끗한 시에 오르내릴 수 없다. 그러나 이미 말이 있으니 이름이 없을 수 없어 수장의 홍(興)과 2장의 비(比)는 직암의 존덕성(尊德性)[421], 도문학(道問學)[422]을 논한 것이다. 3, 4 두 장은 부체(賦體)[423]인데 선을 밝혀서 거듭 말한 것이다. 선에 밝지 않고 붕우에게 미덥지 못한 고로 번거로움을 무릅쓰고 (생각을) 펼쳐낸 것이다. 5장은 스스로를 돌아보기 위한 것으로, 위 2장은 모두 부체이다. 6장은 공부를 말하였는데 공부는 한 마디로 말할 수 있는 것이 아닌 고로 그 노랫말(辭)이 긴 것이며, 의(義)는 부(賦)이면서 비(比)이다. 7, 8장은 명덕(明德)의 본연(本然)을 읊은 것이다. 9장은 기질의 변화를 탄식한 것으로, 이상 3장은 비체(比體)이다. 마지막은 '신언(愼言)'으로 결론을 맺었으니, 말은 분쟁의 빌미가 되기 때문에 '신언(愼言)'으로써 전체를 모은 것이다.

---

420 융호(戎好). 『서경』〈대우모(大禹謨)〉에 "입은 우호관계를 도출하기도 하고 전쟁을 일으키기도 한다.(惟口 出好興戎)"라고 함.

421 존덕성(尊德性)은 덕성(德性)을 높인다는 뜻. 주자(朱子)가 말하기를, "덕성이란 것은 내가 하늘에서 받은 정리(正理)이다."라고 하였고, 또 말하기를, "존덕성은 마음을 간직하여 도체(道體)의 큼까지 다하는 것이다."라고 하였음.

422 도문학(道問學)에서 도(道)는 말미암는다는 뜻이고, 문학(問學)은 학문(學問)을 이르는 말. 주자가 말하기를, "도문학은 치지(致知)를 하여 도체(道體)의 은미한 것까지 다하는 것이다."라고 하였음.

423 부체(賦體)는 음운(音韻)과 대우(對偶)를 정교하게 맞추도록 엄격한 규정을 둔 것인데, 이는 특히 당송(唐宋) 시대 과거 고시(科擧考試)에 채용되었던 것임.

조태환의 나머지 단가 43수

001

窓밧긔 向日花¹을 移種ㅎ야 심거두고

쩌〃로 看檢ㅎ니 向日之誠 간절ㅎ다

奇特다 네 본듸 草木으로 무슨 意思 머거나니

002

卼脆人心² 難相合커든 慙嵓世路³ 오롤숀가

心村의 홀노셔〃 갈 고지 전혀 업다

두어라 燕山의 歛蹤跡ㅎ여⁴ 麋鹿同羣⁵ㅎ오리라

003

虛靈不昧 흔 거스로 具衆理을 가져더니

무든 쓰지 잇고완듸 應萬事 되거고나⁶

---

1   향일화(向日花). 해바라기.

2   얼올인심(卼脆人心). 흔들리고 불안한 사람의 마음을 뜻함.

3   참암세로(慙嵓世路). 험한 세상 길을 말함.

4   염종적(歛蹤跡). 자취를 감춤. 歛(감)은 斂(렴)의 오기로 보임.

5   미록동군(麋鹿同羣). 세속 인연을 끊고 산속에 숨어서 사슴과 벗이 되어 살아간다
     는 말.

6   『大學 章句』 주희의 주에 "명덕은 사람이 하늘에서 얻은 것으로 허령하고 어둡지
     않아서 중리(衆理)를 갖추고 만사(萬事)에 응하는 것이다. 다만 기품(氣稟)에 구애되
     고 인욕(人慾)에 가려지면 때로 어두울 경우가 있으나, 그 본체의 밝음은 일찍이 그친
     적이 없었다. 그러므로 배우는 자가 마땅히 그 발하는 바를 인하여 마침내 밝혀서 그

아마도 大學의 明德은 心性情之 總名[7]인가

004

理란 거슨 太極이오 氣란 거슨 陰陽이라

太極이 陰陽中의 不離不雜[8] ᄒᆞ여시니

이른바 一而二 二而一이라 渾然ᄒᆞᆫ 기푼 理을 測量키 어려왜라

005

至誠不息 ᄒᆞ온 하늘 무어슬 命ᄒᆞ신고

元亨利貞 本을 쩌셔 仁義禮智 듀어시니

노ᄒᆞ면 六合[9]의 彌薄[10]ᄒᆞ고 挫ᄒᆞ면[11] 一掬[12]의 차지 못게

006

그르싀 담긴 물이 渾然瑩澈[13] ᄒᆞ건마ᄂᆞᆫ

무슨 氣運 잇고완듸 淸濁粹駁[14] 가리긴고

처음을 회복하여야 한다.(明德者 人之所得乎天 而虛靈不昧 以具衆理而應萬事者
也 但爲氣稟所拘 人欲所蔽 則有時而昏 然其本體之明 則有未嘗息者 故學者當
因其所發而遂明之 以復其初也)"라고 하였음.

7 대학(大學)의 명덕(明德)은 심(心)과 성정(性情)을 총괄하는 명칭.
8 불리부잡(不離不雜). 분리되지도 섞이지도 않음.
9 육합(六合). 하늘과 땅과 동서남북으로 천하를 가리키는 말.
10 미박(彌薄). 두루 널리 퍼짐.
11 움켜쥐면.
12 한 움큼.
13 혼연형철(渾然瑩澈). 고른 상태로 빛나고 맑은 상태를 뜻함.
14 청탁수박(淸濁粹駁). 맑고 흐리며 순수하고 잡박하다는 말. 성리학에서는 기(氣)의
   차이에 따라 청탁수박의 차등이 있다고 함. 이 시조에서는 후천적 학습의 필요성을
   말함.

아마도 이 氣을 말킨 後에 聖人을 經營호리

007
神明舍[15]의 걸닌 靈燭 本되 光明 호건마는
氣稟物欲 拘蔽[16]호야 有時昏暗[17] 호거고나
찐찐로 살펴보아 擴充을 홀지어다[18]

008
거울은 발건마는 垢塵[19]으로 昏暗호고
무음은 발건마는 物欲으로 昏昧호니
진실노 磨鏡磨心[20] 積功호면 本비치 다시나리

009
一身의 主宰와 萬事의 根本이 무음을 일으미니
心正호면 身正호고 身正호면 物正호니

---

15 마음. 송(宋) 면재(勉齋)가 "심(心)이란 신명의 집이니, 허령 통철(虛靈洞徹)하여 뭇 이치를 갖추고서 모든 사물을 수응(酬應)하는 것이다."라고 하였음.

16 기품물욕구폐(氣稟物欲拘蔽). 기질과 물욕에 사로잡히고 휩싸임.

17 유시혼암(有時昏暗). 때때로 어두워짐.

18 명덕은 사람이 하늘에서 얻은 것으로, 허령하고 어둡지 않아서 여러 이치를 갖추고 만사에 응하는 것이다. 다만 하늘로부터 받은 기질에 구애되고 인욕에 가려지면 때때로 어두워진다. 그러나 그 본체의 밝음은 일찍이 그친 적이 없다. 때문에 배우는 자는 마땅히 발로된 것에 기인하여 마침내 밝혀서 그 처음을 회복해야 한다(明德者 人之所得乎天 而虛靈不昧 以具衆理而應萬事者也 但爲氣稟所拘 人欲所蔽 則有時而昏 然其本體之明 則有未嘗息者 故學者當因其所發而遂明之 以復其初也). 『대학장구(大學章句)』〈경일장(經一章)〉.

19 구진(垢塵). 더러운 때와 티끌을 말함.

20 마경마심(磨鏡磨心). 거울을 맑게 닦듯이 마음을 닦는다는 뜻.

진실노 正心一於正ᄒ면 表裏가 사이홀가

010

그르싀 물을 다마 膈縣²¹의 두엇더니

그 물을 쏘다내니 淸濁이 分明코나

언제나 이 渣滓消瀜²²ᄒ야 純全이 말켜 볼고²³

011

心中의 다문 理을 存養²⁴을 ᄒ얏다가

情으로 發ᄒ거든 省察을 홀지어다

人慾이 드러가면 復初²⁵키 어려왜라

012

敬이라 ᄒᄂ거슨 聖學의 綱領이라

徹上下成 始終²⁶ᄒ여 知行을 뛔여시니

아마도 涵養本原 工夫ᄂ 이ᄲᆫ인가 ᄒ노라²⁷

---

21 격현(膈縣). 횡격막을 마을로 표현한 말. 하진(河溍, 1597~1658)의 『태계선생문집(台溪先生文集)』 卷6에 "격현은 인의의 고을이다.(膈縣 仁義鄕也)"라는 표현이 있음.

22 사재소융(渣滓消瀜). 찌꺼기를 녹여 없앰.

23 맑게할거나.

24 존양(存養). 본심을 잃지 않도록 그 착한 마음을 기름.

25 복초(復初). 처음의 순수한 상태로 회복됨.

26 철상하성종시(徹上下成始終). 아래위로 통하여 처음과 끝이 됨.

27 『대학혹문』에서 주자는 "본원을 함양하는 공부가 격물치지의 근본이 되는 까닭.(涵養本原之功 所以爲格物致知之本者也.)"이라고 함.

013

誠이라 ᄒᆞᄂᆞᆫ거슨 萬事의 根本일식

졍셩 곳 업셔시면 무어셜 일워 녈고

眞實코 無妄[28]ᄒᆞ니 몬쟈 銘心 홀지어다

014

天者ᄂᆞᆫ 誠而已라 至誠無息 ᄒᆞ오시니

敬을 가져 誠의 가면 與天同大[29] ᄒᆞ오리라

아마도 做人底樣子[30]ᄂᆞᆫ 敬誠 밧긔 ᄯᅩ업ᄂᆞ니

015

聖人의 應萬事와 天地의 生萬物이

直字바긔 업ᄂᆞᆫ지라 셔로 이여 傳ᄒᆞ시니

一生을 일을 가져 죽근 後에 그치고쟈

016

人物이[31] 하날쎄 理을 타나 成性後 偏全[32]이 不同이라

人受正通氣[33]ᄒᆞ야 五性이 가쟈 잇고 物賦偏塞氣[34]ᄒᆞ야 一氣로 生

---

28 진실무망(眞實無妄). 진실하여 거짓이 없다는 말. 순수한 마음 본연의 상태로, 성(誠)을
의미.

29 여천동대(與天同大). 하늘과 더불어 한가지로 큼.

30 주인저양자(做人底樣子)는 사람을 사람답게 만드는 틀. 『주자어류(朱子語類)』권7
〈학일(學一) 소학(小學)〉.

31 사람과 사물(事物)이.

32 편전(偏全). 치우침과 온전함.

33 인수정통기(人受正通氣). 사람은 올바르고 통한 기를 받음.

成ᄒ니

아마도 暘谷翁³⁵의 活看³⁶은 千秋의 定論인가

017

言語ᄂ 樞機³⁷니라 삼가지 아닐소냐

南容의 三復白圭 仲尼稱美 ᄒ오시니³⁸

禍門을 살펴보아 瓶가치 직희리라

018

士君子 處己節³⁹은 古聖人이 定ᄒ시니

達ᄒ면 兼善ᄒ고 窮ᄒ면 獨善ᄒ야⁴⁰

다힝이 맛나면 堯舜君民 늬 일이오 못 만나면 山林邱壑 畢命所⁴¹

---

34 물부편색기(物賦偏塞氣). 사물에게는 치우치고 막힌 기를 줌.

35 양곡옹(暘谷翁). 양곡(暘谷)은 한원진(韓元震, 1682~1751)의 호. 권상하(權尙夏)의
    문인으로, 이간(李柬)과 인물성동이론(人物性同異論)의 논쟁을 벌여 인물성이론(人
    物性異論)을 주장함.

36 활간(活看). 융통성 있게 봄.

37 추기(樞機)는 (일을 발생시키는) 중요한 계기.『주역(周易)』〈계사전 상(繫辭傳上)〉에
    "언행은 군자의 추기이다. 추기(언행)가 어떻게 발하느냐에 따라 영욕이 결정된다.(言
    行, 君子之樞機, 樞機之發, 榮辱之主也)"라는 말에서 연유함.

38 삼복백규(三復白圭)는 항상 가슴속에 명심하며 잊지 않겠다는 뜻이다.『시경(詩經)』
    〈대아(大雅) 억(抑)〉 중에 "흰 옥돌 속에 있는 오점(汚點)은 그래도 깎아서 없앨 수
    있지만, 말을 한번 잘못해서 생긴 오점은 어떻게 해 볼 수가 없다.(白圭之玷 尙可磨也
    斯言之玷 不可爲也)"라는 말이 나온다. 공자의 제자인 남용(南容)이 매일 이 구절을
    세 번씩 반복해서 외우자, 공자가 이를 훌륭하게 여겨 자신의 조카딸로 처를 삼게 했던
    고사가 있음.『논어』〈선진(先進)〉.

39 처기절(處己節). 스스로 처신하는 법을 말함.

40 『맹자』〈진심 상(盡心上)〉에 "곤궁해지면 자기의 몸 하나만이라도 선하게 하고, 뜻을
    펴게 되면 온 천하 사람들과 그 선을 함께 나눈다.(窮則獨善其身 達則兼善天下)"라는
    표현이 있음.

| 을시

019

安溪의 李斯文⁴²은 牙州의 巨儒로다

緖業은 忠武公⁴³이오 淵源은 梧村老라

부듸 聖學勤勉ᄒ야 家聲을 充闡⁴⁴하쇼

020

高聳山⁴⁵ 나린 물이 安溪가 되야고나

그 우희 草堂上의 講道ᄒ니 긔 뉘런고

아마도 暮年交契⁴⁶는 至樂인가 ᄒ노라

021

벗님네 듀온 歌辭 常目在之⁴⁷ ᄒ여보니

灑落ᄒᆫ 淸操高趣⁴⁸ 辭表의 나타ᄂᆞ니

그 中의 動忍效益⁴⁹ 이 두 말ᅀᆞᆷ 吾輩의 藥石인가 ᄒ노라

---

41 산림구학필명소(山林邱壑畢命所). '산림의 골짜기가 생을 마치는 곳'이라는 뜻.

42 이사문(李斯文). 조태환의 제자 이석빈(李碩彬, 1795~1832).

43 충무공(忠武公). 성웅(聖雄) 이순신(李舜臣, 1545~1598).

44 충천(充闡). 가득 채워 널리 퍼지게 함.

45 고용산(高聳山). 높이 솟은 산을 말함.

46 모년교계(暮年交契). 노년의 벗 사귐.

47 상목재지(常目在之). 항상 눈 안에 둠. 여기서는 읽어본다는 뜻.

48 청조고취(淸操高趣). 맑은 지조와 높은 흥취.

49 이덕장(李德章)의 「제직암영언(題直菴永言)」 5번에 제시된 동심인성(動心忍性)고 효우익과(效尤益過)를 말함.

022

尊德性 第一章과 道問學 第二章은
淸高灑落 ᄒᆞ건마ᄂᆞᆫ 擬議稱說[50] 羞愧[51]ᄒᆞ외
그러나 君子의 愛人忠厚 辭表의 넘쩌 잇다

023

豪傑之士 아니러면 歌辭論理 이러ᄒᆞᆯ가
志操ᄂᆞᆫ 高聳이오 心德은 安化로시
圭復코[52] 興歎ᄒᆞ니 못 잇ᄂᆞᆫ 情이로다

024

聖學의 찌친 法이 簡冊의 실녀시니
嚴師을 求ᄒᆞ랴면 여긔 노코 어듸 갈고
默〃加工[53] 貴ᄒᆞᆫ지라 支離論說 부듸마소

025

ᄆᆞ음은 安靜ᄒᆞ여야 百事을 홀거시니

---

50 의의칭설(擬議稱說)은 추론하여 칭찬한 말. 이덕장의 작품 1. 〈존덕장(尊德性)〉과 2. 〈도학문(道問學)〉의 내용을 말함.

51 수괴(羞愧). 부끄러움을 말함.

52 규복(圭復)은 『시경(詩經)』 〈억(抑)〉의 "흰 구슬의 티는 갈아 없앨 수 있거니와, 말의 허물은 어찌할 수가 없다.(白圭之玷 尙可磨也 斯言之玷 不可爲也)"라고 한 것을 남용(南容)이 세 번씩 되풀이하여 읽었던 데서 온 말로, 상대방의 시문을 정성스럽게 읽는 것을 말함. 『논어』 〈선진(先進)〉에 "남용이 백규의 글을 세 번씩 되풀이하여 읽거늘, 공자가 형의 딸을 그의 아내로 삼아 주었다.(南容三復白圭 孔子以其兄之子妻之)"라고 하였음.

53 묵묵가공(默默加工). 묵묵히 공부를 해나간다는 뜻.

벗님네 이룰 자바 工夫을 홀지어다

옛젹긔 李少陵은 醒心鈴을 차거고나[54]

026

寓居牙州 十六年의 獨立心村 하여쩌니

輔仁朋[55] 이졔 만나 切偲琢磨[56] ᄒ거고나

與世面交[57] 부듸 말고 知己相通 ᄒ여보시

027

燕山下 蝸室裡예 寂寞키 안ᄌ쩌니

梧桐의 달 오로고 水面의 바람 온다

이러ᄒᆞᆫ 淸意味을[58] 눌과 셔로 난화 볼고

028

槐城으로[59] 오온 숀님 和義君[60] 後裔로시

---

54 패령자계(佩鈴自戒)는 방울을 차서 스스로를 경계한다는 뜻. 나쁜 습관을 고치기 위해 스스로 노력하는 자세를 의미. 조선 시대 소릉(少陵) 이상의(李尙毅, 1560~1624)가 어린 시절에 나쁜 습관을 고치기 위해 방울을 차고 스스로 경계하였다고 함.

55 보인붕(輔仁朋). 보인(輔仁)할 수 있는 벗. 보인(輔仁)은 상대방을 통해 자신의 인덕(仁德)을 보강하는 것이다. 『논어』〈안연(顔淵)〉에 "군자는 학문을 통해서 벗을 모으고, 벗을 통해서 자신의 인덕을 보강한다.(君子以文會友 以友輔仁)"라는 말이 나옴.

56 절시(切偲)는 '절절시시(切切偲偲)'. 간곡하게 충고하고 자상하게 권면하는 것으로, 친구 사이에 책선(責善)하는 것을 말함. 『논어』〈자로(子路)〉. 탁마(琢磨)는 학문을 갈고닦는 것을 말함.

57 여세면교(與世面交). 사회에서 마음을 감추고 얼굴이나 알고 지내는 정도의 벗.

58 청의미(淸意味). 맑은 맛을 뜻함. 맑은 경지. 송나라 소옹(邵雍)의 〈청야음(淸夜吟)〉에 나온 시구. 인욕(人慾)이 사라지고 천리(天理)가 유행하여 자연과 일치하는 즐거움을 읊은 도학(道學)적 의미를 담고 있음.

外面은 和色이오 中心은 義氣로다
아마도 暮年結隣은 緣分인가 ㅎ노라

029
사룸을 못 만나셔 平生의 恨이러니
이졔 作隣ㅎ여[61] 보니 意中人 자니로시
한갈가티 ᄆᆞᆷ 가져 同心結契 무어[62] 보시

030
君子의 사괸 벋은 淡泊ᄒᆞ 汪汪[63]水라
ᄒᆞᆫ 번 許心ㅎ온 後에 一生 變치 아니나니
이 마음 굿게 자바 두 가지 부듸마쇼

031
心德이 第一이라 文翰[64]不足 근심 마쇼
元바탕이 글너시면 그 文翰 슬 듸 업니
漢쪅긔 霍相國[65]은 桂石之臣 되야고나

---

59 혜성(槥城)은 충남 당진의 옛 이름.
60 세종의 아들 이영(李瓔).
61 이웃이 되어.
62 만들어.
63 왕왕(汪汪)은 물이 깊고 넓은 모양.
64 문한(文翰). 글을 짓거나 글씨를 쓰는 일.
65 전한(前漢)의 곽광(霍光). 곽광은 소제(昭帝)가 죽자 한 무제(漢武帝)의 손자인 창읍
     왕(昌邑王) 유하(劉賀)를 황제로 영입하였으나 그의 행동이 그지없이 음란하였으므로
     즉위 27일 만에 태후(太后)의 명을 받들어 폐위시키고 선제(宣帝)를 세웠다. 즉 심덕
     (心德)이 음란하여 원바탕이 옳지 못한데도 상국(相國)의 지위에 올랐음을 이른 말.

032

早稻六升[66] 부텨더니 발셔 向黃[67] ᄒ거고나

모돈 시 다 몬 後에[68] 째째로 點檢ᄒ니

아마도 기푼 滋味ᄂ 나분인가 ᄒ노라

033

新稻飯[69] ᄒ여 노코 先父母 生覺ᄒ니

滿腔子[70]이 니 悲懷 罔極도 흠도ᄒ다

슬푸다 子路의 列鼎食[71]홀 졔 先獲我心 ᄒ거고나

034

父母님 계신 적의 孝養을낭 다 ᄒ여라

ᄒᆫ 번 失時ᄒᆞᆫ 後면 追悔莫及 되오리라

平生의 다시 못 홀 일이 잇분인가 ᄒ노라

---

66 조도육승(早稻六升). 이른 볍씨(早稻) 여섯 되(六升)를 말함.

67 향황(向黃). 누렇게 영글어간다는 뜻.

68 모이는 새를 다 몰아낸 후에. 벼가 영글기 전에 새들이 어린 벼이삭을 쪼아 빨아먹기 때문에 새가 벼이삭을 상하게 하지 않도록 몰아냈다는 뜻.

69 신도반(新稻飯)은 햅쌀밥.

70 온몸.

71 열정식(列鼎食). 솥을 늘어놓고 밥을 먹는다는 뜻. 진수성찬을 먹음. 공자의 제자 자로(子路)가 "내가 옛날에 어버이를 모시고 있을 때 집이 가난했기 때문에, 나는 되는 대로 거친 음식을 먹는다 하더라도 어버이를 위해서는 백리 밖에서 쌀을 등에 지고 오곤 하였다(爲親負米百里之外). 그러나 어버이가 돌아가시고 나서 내가 높은 벼슬을 하여 솥을 늘어놓고 진수성찬을 맛보는 신분(列鼎而食)이 되었는데, 다시 거친 음식을 먹으면서 어버이를 위해 쌀을 지고 왔던 그때의 행복을 이제는 느낄 수 없게 되었다."고 술회한 고사가 있음. 『공자가어(孔子家語)』〈치사(致思)〉.

035

北海의 노는 鯤과 絳霄의 凌摩鵬은[72]

任意로 노닐면셔 揚〃自得 ᄒᆞᄂᆞᆫ고나

우리도 언졔나 네 몸 되야 遊海遊天 ᄒᆞ여볼고

036

光風霽月[73] 달 ᄇᆞᆯ근 밤의 三十六宮 往來ᄒᆞ니

天根月窟[74] 죠흔 景이 곳〃마다 春意로다

아희아 無絃琴[75] 드러라 쇼리 업시 집퍼보자

037

春服을 썰쳐 입고 太極扇 빗기 쥐고

---

72 곤(鯤)과 붕(鵬)은 『장자』〈소요유(逍遙遊)〉에 나오는 상상의 동물로, 북명(北溟, 北海)에 크기가 몇 천 리인지 알 수 없는 '곤(鯤)'이라는 물고기가 있는데, 그 물고기가 변하여 '붕(鵬)'이라는 새가 된다고 했음. 붕(鵬)은 한 번에 9만 리를 날아 솟구쳐 붉은 하늘(絳霄)에 다다른다고 함.

73 광풍제월(光風霽月). 비 갠 뒤에 부는 맑은 바람과 밝은 달이라는 뜻. 황정견(黃庭堅)이 주돈이의 인품을 평한 말로, 마음이 넓어 자질구레한 데 거리끼지 않고 쾌활하며 쇄락한 인품을 비유하여 이르는 말.

74 월굴(月窟)과 천근(天根)은 각각 음(陰)과 양(陽)을 비유한 것으로, 천지 음양의 이치를 말할 때 쓰는 표현. 송(宋)나라 소옹(邵雍)이〈관물음(觀物吟)〉에서 "이목 총명한 남자의 몸으로 태어났으니, 천지조화가 부여한 것이 빈약하지 않도다. 월굴을 찾아야만 물을 알게 되는 법, 천근을 밟지 않으면 사람을 어떻게 알까. 건괘가 손괘를 만난 때에 월굴을 보고, 지괘가 뇌괘를 만난 때에 천근을 보는도다. 천근과 월굴이 한가히 왕래하는 중에, 삼십육궁이 모두 봄이로구나.[耳目聰明男子身 洪鈞賦與不爲貧 須探月窟方知物 未躡天根豈識人 乾遇巽時觀月窟 地逢雷處見天根 天根月窟閒往來 三十六宮都是春]"라고 읊은 데에서 나온 것.

75 무현금(無絃琴)은 줄 없는 거문고. 도잠(陶潛, 도연명)이 음성(音聲)은 알지 못하면서 소금(素琴) 한 장(張)을 가지고 있는데 줄이 없었다. 매양 술과 쾌적한 일이 있으면 문득 어루만져 희롱하여 그 뜻을 붙였음. 『진서(晉書)』〈도잠전(陶潛傳)〉.

半畝方塘 나려가니 흐르나니 活水로다

童子아 光風霽月 도다오니 놀고 갈가 ᄒ노라

038

四勿旗⁷⁶ 숀의 잡고 神明舍⁷⁷ 차자가니

大司寇⁷⁸ 門의 안자 閽禁⁷⁹을 ᄒᄂᆞᆫ고나

진실노 外物蟊賊⁸⁰이 아니라 太一君⁸¹ᄭᅴ 啓達ᄒᆞ쇼

039

藥文驛⁸² 도라드러 素玩亭을 차자가니

舊堂은 寂寞ᄒᆞᆫᄃᆡ 靈帷⁸³ᄂᆞᆫ 凄涼ᄒᆞ다

几筵의 나아가 哭拜ᄒᆞ니 悲懷계워 ᄒᆞ노라

---

76 사물기(四勿旗)는 사물(四勿)의 깃대(旗)라는 뜻. 『논어』〈안연(顔淵)〉에 "예(禮)가
   아니면 보지 말며, 예가 아니면 듣지 말며, 예가 아니면 말하지 말며, 예가 아니면
   움직이지 말라.(非禮勿視 非禮勿聽 非禮勿言 非禮勿動)"라고 하였으므로, 이 물
   (勿) 자로 기를 만들어 세운다는 말.

77 마음.

78 공자(孔子). 공자가 노(魯)나라의 형부상서(刑部尙書)인 '대사구(大司寇)'를 역임했음.

79 혼금(閽禁). 관청에서 잡인의 출입을 금하는 것.

80 모적(蟊賊)은 벼의 뿌리와 줄기를 갉아먹는 벌레. 뿌리를 갉아먹는 것을 모(蟊)라 하고,
   줄기를 갉아먹는 것을 적(賊)이라고 함.

81 태일(太一)은 천지만물의 생성의 근원 또는 우주의 본체로, 이 작품에서 태일군(太一
   君)은 외물에 의해 더럽혀지지 않은 순수한 마음을 의미.

82 파주(坡州)의 양문역(梁文驛). 소완정(素玩亭) 이서구(李書九, 1754~1825)가 50세
   에 부친의 묘소가 있는 파주에 은거함.

83 영유(靈帷). 혼령을 모신 영실(靈室)의 휘장. 고인의 위패를 모셔놓은 곳.

040

丈雪이 封山호니 가지마다 梨花로다

언 집과 찬 등잔의 玩理味[84] 만커고나

두어라 이등 好風流롤 李峒隱[85]께 辭讓홀가

041

志齋[86] 聲名 노피 듯고 廣亭[87]을 차쟈가니

草堂이 고요혼듸 聖模賢範[88] 圖書로다

반갑다 君子風流 못내 景仰 호여라

042

南漢山 東林寺[89]의 무어슬 싱각던고

南谷堂[90] 普明[91]月이 두로두로 발가잇다

---

84 완리미(玩理味). 우주의 이치를 음미하는 맛.

85 동은(峒隱)은 이의건(李義健, 1533~1621)의 호. 본관은 전주, 자는 의중(宜仲)이며, 세종의 5자 광평대군(光平大君) 이여(李璵)의 5대손. 그는 당시의 명유들과 교유하며 시명(詩名)을 떨쳤고, 후학 양성에 전력하였음. 광주(廣州) 수곡서원(秀谷書院)과 영평(永平)의 옥병서원(玉屏書院)에 배향됨. 저서에 『동은유고(峒隱遺稿)』 등이 있음.

86 송시열의 문인인 이희조(李喜朝, 1655~1724)인 듯. '지재(志齋)'는 '지사재(志事齋)'의 약칭으로, 이희조가 경기도 남양주시 진접읍 내곡리 영지동(靈芝洞)에 지은 서재 이름이다. 이희조의 부친인 이단상(李端相, 1628~1669)이 이곳에서 노년을 보내기 위해 큰 못을 파고 정관재(靜觀齋)를 지었는데, 갑자기 별세하여 뜻을 이루지 못하였다. 뒤에 이희조가 한가하게 독서하며 지내기 위해 이곳에다 두 칸 되는 작은 집을 짓고는 "옛날 내가 낙양 산중에서 우암 선생을 뵈었는데, 인하여 거처하는 서재의 이름을 지어 주기를 청하니, 선생께서 '지사(志事)'라는 이름을 지어 주었다.(昔余嘗拜尤庵先生於洛陽山中, 因請名所居之齋, 先生命之曰志事)"라고 하였다. 『지촌집(芝村集)』 19권, 〈영지서실기(靈芝書室記)〉.

87 미상.

88 성모현범(聖模賢範)은 성인의 법과 현인의 규범, 곧 유학 경전을 말함.

89 동림사(東林寺). 남한산성 안에 있던 절.

진실노 발글진더 이니 心村 발커보소

043
엿젹의 太顚禪師[92] 頗聰明 識道理라
韓文公 潮州 젹[93]의 못내 사랑 ᄒ여시니
이졔와 生覺ᄒ니 내 사랑과 맛치갓다

---

90 병자호론 때 어가를 수행하여 남한산성에 들어간 남곡(南谷) 권상길(權尙吉, 1610~
   1674)인 듯.

91 보명(普明)은 남한산성 동림사(東林寺)에 주석했던 승려의 법명으로 보임.

92 태전 선사(太顚禪師, 732~824)는 당나라 고승으로, 한문공(韓文公) 한유(韓愈,
   768~824)와 친교가 두터웠음. 또한 중국 여산(廬山)의 동림사(東林寺)와 남악(南岳),
   담주(潭州) 등 명산 승지를 다니며 고덕들의 유적을 참배하고 숨은 수행자들을 만남.

93 한유가 조주자사(潮州刺史)로 재임할 때.

발문跋文

李碩彬

　내가 이번 입추일(立秋日) 저녁에 율림(栗林) 아래 가서 직암(直菴)을 뵈었다. 이때는 달빛이 금빛으로 퍼졌고, 바람이 때마침 불어 한인(閑人)과 소객(騷客)의 강개한 회포를 격앙시키니, 문득 사랑스러운 느낌(愛烏之感)¹이 일어 입으로 한 편을 읊조려 이르기를 "산에는 개암나무가 있고 진펄에는 감초가 있네."하였다. 왜 시냇가 몇 그루 밤나무를 취하여 여기에서 서성이며 여기에서 노니는가? 또 생각은 진세(塵世)에 발을 끊고 도연명[정절(靖節)]이 살던 마을(栗里)의 '율(栗)'의 뜻을 취해서 그런 것인가? 학문에 굳게 뜻을 두고 문성공[율곡(栗谷) 이이(李珥)]이 살던 골짜기(栗谷)의 '율(栗)'의 지취를 사모하여 그런 것인가? 잠시 뒤에 주인장이 화롯불에 순초(荀草) 담배를 한 대 피운 후 노래 가사 백여 수를 내어 보이며 말하기를 "이것은 내가 평생 산수를 돌아다닐 때 서원과 향교에서 옷자락을 여미는 사이에 지어 불렀던 시들인데, 정덕유가 서문을 써서 말미에 붙인 것이니, 그대가 한번 보지 않겠는가?" 하였다. 나는 귀머거리와 소경의 소견과 풀벌레의 소리를 가지고 있어, 두려운 마음에 그 사이에서 감히 어찌할 바를 몰랐다. 그러나 세상에는 이미 백아(伯牙)와 계찰(季札) 같은 이가 없어, 각기 좁은 소견으로 절주(節奏)

1　어떤 사람을 좋아하여 그 사람과 관계된 것도 좋아하는 마음.

의 아름다움을 받들어 즐기니 참람하다 할 수 없다. 그래서 마음과 몸을 깨끗이 하고 공경히 읽다가 반도 못 읽어 석양이 산에 걸리고 갈 길이 바빠 다 읽지 못한 것이 한스럽다.

대개 일찍이 그것을 논하건대, "그 맑고 화창한 운과 탁 트인 기운은 봄볕이 얼음을 녹여 사방의 못이 활발한 모습이었으며, 융성한 기운과 음율의 격조는 역산(嶧山)의 오동나무에 7현을 올린 거문고 소리와 같았다. 소상(瀟湘)과 동정(洞庭)에 유배온 시인 굴원과 관산과 어양에 남편을 수자리 보낸 부인에게 이 소리를 듣게 한다면 마음으로 기뻐하며 감격하여 울며, 마치 자기 입에서 나온 것으로 여길 뿐만 아니라 그 뜻을 붙여 모양을 본뜬 것도 자신에게서 말미암은 것으로 여길 것이다."라고 하였다. 그중 〈무우곡(舞雩曲)〉은 자양(朱子)의 〈조대사(釣臺詞)〉에 가깝고 〈산수조(山水操)〉는 송강(松江)의 〈관동곡(關東曲)〉을 뜻을 얻었으며, 〈모성음(慕聖音)〉은 석담(石潭)의 〈이천가(伊川歌)〉를 출입한다. 하물며 세상을 희롱하는 뜻과 우울한 정서는 비록 굴원(屈原), 송옥(宋玉), 가의(賈誼), 양주(楊朱) 등에 견주어도 부끄럽지 않으니, 아무 것도 모르는 사람이 감히 한 마디 말로 칭찬할 바가 아니다.

애석하구나! 장석과 백락이 홀연 이미 죽었으니, 좋은 재목과 좋은 천리마를 누가 알아볼 것인가? 연암산 아래 몇 개의 시렁으로는 직암의 만 권 시서와 천 갈래 경륜을 담을 수 없다. 우리나라(기자의 봉토)의 수천 리 풍경과 좋은 시 『모전(毛傳)』 300편을 두루 보았다면 노랫말로 군자를 논하는 것은 진실로 하찮고 쓸 데 없는 짓이다. 오직 이것(직암의 작품)을 보는 자는 노랫말로 이 노인(직암)을 판단하지 말고 반드시 이름을 돌아보고 뜻을 생각하는 데 나아가서, 율림

등처에 살았음을 엿 볼 것 같으면 사람을 잘 관찰 한다고 이를 수
있다. 노래에 이름을 붙임에 어찌 반드시 '원유시(遠遊詩)'만을 취하
여 '원유가(遠遊歌)'라고 부르고 후대의 알아주는 자를 기다린다고
하겠는가? 이석빈이 또다시 쓰다.

余今立秋之夕 往拜直菴於栗林下 時玉宇廓如金 飄颸如正 激
閑人騷客 慷慨之懷 而忽有愛烏之感 口咏一訣 曰 山則有榛 濕則
有苓² 奚取澗畔數株栗 于是盤桓 于是游 抑又思之謝跡塵寰 取貞
節里栗³之義而然耶 篤志學問 慕文成⁴谷栗之趣而然乎 已而主人
丈 梡爐荀草 消遣燃吸之後 出示歌詞百許數 曰此則吾所平生 放
跡山水之時 攝齊院校之際 一唱三呼⁵ 而鄭君德裕甫 所以序弁虧
尾者也 君盍觀諸 自以聾瞽之見 草蛩之聲 栗栗于心 不敢桔槹於
其間 而世旣無伯牙季札⁶ 則各以管蠡⁷之見 奉玩節奏之美 無碍僭
越 故洗心盥手 敬讀未半 夕陽在山 行期草草 恨未畢閱 而槩嘗論

---

2   『시경(詩經)』〈패풍(邶風) 간해(簡兮)〉에 "산에는 개암나무, 진펄에는 감초로다. 누구
     를 그리워하는가? 서방의 미인이로다. 저 미인이여! 서방의 사람이로다.(山有榛 隰有
     苓 云誰之思 西方美人 彼美人兮 西方之人兮)"라는 구절이 나옴.
3   정절리율(貞節里栗)은 정절리율(靖節里栗)의 오기로 보임. 도연명은 정절선생(靖節
     先生)으로 추앙되었으며, 그가 살던 마을이 율리(栗里)임.
4   문성(文成)은 율곡(栗谷) 이이(李珥)의 시호(諡號).
5   일창삼탄(一唱三歎)은 중국 종묘(宗廟)의 제사에서 아악(雅樂)을 연주할 때, 한 사람
     이 발성하고 세 사람이 따라 부르는 것을 말하고, 또는 한 번 읽고 세 번 감탄한다는
     뜻으로서 시문(詩文)의 훌륭함을 칭찬하는 말로 쓰이기도 한다.
6   춘추(春秋) 시대 오(吳)나라 공자(公子) 계찰(季札)이 노(魯)나라에 사신으로 왔다가,
     주대(周代) 각국(各國)의 음악을 모두 듣고는 하나하나 품평을 하였던 고사가 있다.
     『史記』卷31〈吳太白世家〉.
7   관려(管蠡)는 국량과 견식이 협소하고 천박한 것을 비유하는 말. 한나라 동방삭(東方朔)
     의〈답객난(答客難)〉에 "대롱으로 하늘을 엿보고, 바가지로 바닷물을 재며, 풀줄기로
     종을 치는 것이다.(以筦窺天 以蠡測海 以筳撞鍾)"라는 말이 나온다. 『문선(文選)』
     45권.

之 其淸和之韻 疏放之氣 春陽氷釋 四澤活潑之像也 昐蠻之氣 音
奏之格 嶧桐登府七絃 鏗鏘之聲也 瀟湘洞庭 謫客詩人 關山漁陽
征夫征婦 使此聽之 其心悅感泣 不啻若自其口出 而其偶意模盡
有所由自. 其中舞雩之曲 近於紫陽釣臺詞 山水之操 得之松江關
東曲 慕誠之音 出入石潭伊川歌 而況夫玩世之志鬱悒之情 雖屈
宋賈楊 無怪伯仲 非末學墻面 敢贊一辭者也 惜乎 匠石[8]伯樂[9] 忽
已逝 良材良驥 其誰知 燕岩山下數三架 難庇直菴 萬卷詩書 千緖
經綸矣 歷覽箕封數千里風景 雅言毛傳三百篇章句 則以歌詞論君
子 實糠粃也 疏節也 惟願覽此者 勿以是信斯翁 必就顧名思義 如
居於栗林等處覷得 則可謂善觀人矣 名歌惟何必取遠遊詩 稱以遠
遊歌 以待後之知者云 李碩彬又書

8　장석(匠石)은 춘추 시대 초(楚)나라 영(郢) 땅의 사람으로, 뛰어난 목공 장인이다.
9　백락(伯樂)은 춘추 시대 진 목공(秦穆公) 때에 준마를 잘 감별하는 것으로 유명했던
　　손양(孫陽)의 별명이다. 전국 시대 종횡가(縱橫家)인 소대(蘇代)가 순우곤(淳于髡)에
　　게 "준마를 팔기 위해서 사흘 동안이나 시장에 내 놓았지만 아무도 거들떠보지 않다가
　　백락이 한 번 돌아보자 하루아침에 그 말의 값이 10배나 뛰어올랐다."라고 말한 내용이
　　『전국책(戰國策)』〈연책(燕策)〉에 나온다. 그리고 한유의 〈잡설(雜說) 4〉에 "세상에
　　백락이 있은 뒤에야 천리마가 있게 된다.(世有伯樂 然後有千里馬)"라는 표현이 있다.

신발굴 시조집
『직암영언(直菴永言)』의 특성과 가치

구사회

1. 머리말

『직암영언』은 조선 순조 재위기인 19세기 전후로 충남 아산에서 활동했던 세 사람의 시조집이다. 여기에는 지금까지 학계에 소개된 적이 없는 새로운 시조 작품 206수와[1] 가사 2편이 수록되어 있다. 이 자료는 본래 충남 아산에서 나온 것으로 필자가 입수하여 소장하고 있다.

『직암영언』은 직암(直菴) 조태환(趙台煥, 1772~1836)이 지은 시조 작품에 정덕유(鄭德裕, 1795~1829)와 이석빈(李碩彬, 1795~1832)이 화답하는 형태로 되어 있다. 이들 3인은 이렇다 할 관직에 오른 적이 없는 무명에 가까운 아산의 선비였다. 그래서인지 필자도 처음에는 이들이 어떤 인물인지 알 수 없었다. 오로지 『직암영언』의 내용을 통해 행적을 추적할 수밖에 없었다.

그 과정에서 이들 각각의 문중 족보를 통해 3인의 생몰 연대를

1 　『직암영언』에서는 '短歌'라는 명칭을 사용하고 있다.

확인할 수 있었다. 이석빈과 정덕유는 동년의 유생(儒生)으로 삼십
대에 세상을 떠나면서 행적을 거의 남기지 않았다. 『직암영언』의
중심인물인 조태환도 사회적으로 입신한 인물이 아니었다. 하지만
그는 64세까지 생존하면서 몇몇 단편적인 기록을 남겼다. 결과적으
로 『직암영언』의 작품을 통해서 이들의 일상과 의식 세계를 어느
정도 접근할 수 있었다.

 이 논문은 『직암영언』의 본격적인 작품 분석에 앞서 발표하는
일종의 발굴 보고서이다. 이 논문에서는 『직암영언』이라는 시가
자료집의 서지 사항과 자료에서 드러난 이들 작자에 대해서 살펴보
도록 한다. 이어서 이들 3인이 남긴 시가 작품의 전반적인 특징과
함께 내용을 검토하기로 한다.

2. 『직암영언』의 서지(書誌) 및 편집 과정

 『직암영언(直菴永言)』은 한지로 만든 17.2×26.5㎝의 서책 형태로
순조 26년(1826)에 편집되었다. 전체 분량은 47장이고 각 면이 10칸
으로 1칸에 20자까지 적고 있다. 서책 겉면은 빛바랜 먹물색이고
왼쪽 윗부분에 '직암영언'이라는 한글 책명을 덧붙였다. '직암'은
조태환의 호이다. 그런데 『직암영언』의 편집자는 직암 조태환이
아니라 그의 문인이었던 이석빈이었다. 이석빈은 충무공 이순신의
직계 후손으로 아산에서 직암 조태환을 스승처럼 따랐던 인물이다.

 서책 표기는 전체적으로 한글 표기인데, 두 가지 표기 방식으로
이뤄지고 있다. 조태환과 정덕유의 작품에는 한자어에 한글을 병기하

『直菴永言』 표지

였다. 반면에 이석빈의 시조 작품은 한자 어휘에는 한글을 덧붙이지 않고 한자로만 표기하였다. 서체는 이석빈의 필체로 짐작되고 세필로 단정하게 적혀 있다.

『직암영언』에는 정덕유의 〈서문〉과 이석빈의 〈발문〉이 있다. 이를 보면 『직암영언』의 편찬 시기는 순조 26년(1826)이다. 이 시기는 직암 조태환이 아산 음봉면의 연암산 기슭에 초당을 짓고 은거하고 있을 때였다. 당시 직암 조태환은 55세였고, 이석빈과 정덕유는 갓 서른이 넘은 나이였다.

『직암영언』의 체재는 가사 작품인 〈죽계별곡(竹溪別曲)〉과 〈연산별곡(鷰山別曲)〉을 시조 작품에 앞서 배치하였다. 이어서 조태환의 시조 작품 141수(추가로 별지에 붙인 5수 포함)에다 정덕유의 화답시조 12수와 이석빈의 화답시조 10수를 덧붙였다. 마지막으로 직암 자신의 시조 작품 43수를 수록하였다. 따라서 『직암영언』에 수록된 전체 시가 작품은 시조가 206수, 가사가 2편이다. 작자들은 『직암영언』을 단순한 시조집이라기보다 가집으로 여기고 있었던 것으로 보인다. 이유는 '단가(短歌)'라는 명칭과 함께 정덕유의 작품 발문에서 '결(闋)'이라는 용어를 사용하고 있었기 때문이다.[2]

책명은 직암 조태환의 호를 따라 지었다. 『직암영언』은 정덕유와

---

2   『직암영언』, 〈정덕유 발문〉. "右短歌 十二闋, 妄以布鼓之音, 敢進雷門之下, 實不滿涔寂中, 一哂之資耳. 然而其中, 未必不有燒香之餘, 或供一覽耶."

이석빈이 화답시조가 들어갔지만 결국 조태환의 시조집이라고 말할 수 있다. 여기 『직암영언』의 시조 작품은 『한국시조대사전』이나[3] 『고시조대전』에[4] 수록되지 않는 것은 물론, 가사 2편도 지금까지 알려지지 않았던 새로운 작품이다.

『직암영언』은 현재 유일본으로 충남 아산에서 만들어졌다. 조태환의 자(字)는 문숙(文淑), 호(號)는 직암(直菴)이다. 태환(台煥)은 이름이다. 오늘날 몇몇 기록을 빼고는 그에 대한 흔적은 거의 남아 있지 않다. 그는 이렇다 할 관직 생활을 한 적도 없거니와 자료들이 일실되었기 때문이다. 직암은 아산 지역에서 상당한 명망과 함께 서책 소장가로 알려졌었다.[5] 1834년에 호남의 광산이씨 인사들이 아산 고을의 조태환에게 찾아가서 소장하고 있던 조상 기록을 바로 잡고 기록으로 남길 정도였다.[6]

조태환 집안의 장서는 당대에 이뤄진 것이 아니라 이전부터 집안에서 소장했던 것으로 짐작된다. 부친인 경암(敬菴) 조연귀(趙衍龜, 1726~?)가 이미 많은 서책을 소유하고 있던 것으로 보인다. 부친도 벼슬길에 나가지 않고 유생으로 일생을 마친 선비였다. 그는 18세기 호론의 학맥을 잇는 구암(久菴) 윤봉구(尹鳳九, 1683~1767)에게 나아가 수학한 바 있었고,[7] 실학가인 이덕무나 박제가 등과도 교분이 있었다. 학문에도 열중하여 『대학』과 『중용』의 내용을 알기 쉽게

---

3   박을수, 『한국시조대사전』(상·하), 아세아문화사, 1992.

4   김흥규·이형대 외, 『고시조 대전』, 고려대학교 민족문화연구원, 2012.

5   이 점은 『직암영언』의 〈발문〉에도 언급되고 있다.

6   『光山李氏族譜』, 〈光山李氏族譜序〉(1856). "去甲午年間, 宗人圭哲氏, 攷得萬姓譜, 於牙山趙台煥家, 則上世七代之諱卿, 班班昭載謄錄而歸, 遂有大譜之議矣."

7   白川趙氏大宗會, 『白川趙氏大同世譜』 卷1, 1995, 332쪽.

『대학도(大學圖)』와 『중용도(中庸圖)』로 도식화하거나 그것에 해설을 덧붙인 『학용도설(學庸圖說)』을 남겼다. 때로는 성리학을 공부하는 방법으로 그림과 해설을 덧붙인 『위학지방도(爲學之方圖)』를 저술하기도 하였다.[8]

하지만 조태환 가문에서 소장했던 이들 자료는 모두 사라지고 이제는 확인할 수 없다. 이번에 나온 『직암영언』을 통해서 그의 시문이나 저작물을 추측할 뿐이다. 오늘날에는 『직암영언』을 제외하곤 그와 관련된 저작물은 거의 보이지 않는다. 『정유각집』을 보면 초정 박제가 직암 조태환에게 지어준 한시 1수가 보이는데, 당시의 정황을 엿볼 수 있다.

〈贈趙直菴文叔(台煥)〉	직암 문숙 조태환에게 주다
百種書有在	온갖 종류 책들이 있으니
平生趙敬菴	조경암이 살아온 한평생일세.
雖無立錐地	송곳을 세울 만한 땅은 없어도
幸有克家男	다행히 가업 이을 아들이 있었네.
解續崔盧譜	최로의 계보를 능히 이었고
能爲性命談	성명(性命) 담론을 곧잘 하였네.
但敎吾道喫	하여금 우리 도를 배불리 먹어
入口自知甘.	입에 넣자 단맛을 절로 알게 하였네.[9]

---

8 박지원, 『연암집』 卷3, 「孔雀舘文稿」, 〈爲學之方圖跋〉. (한국고전번역원DB)
9 박제가(정민 외 옮김), 『정유각집(중)』, 〈贈趙直菴文叔(台煥)〉, 돌베개, 2010, 402~403쪽.

이를 보면 경암 조연귀는 직암 이전에 이미 초정 박제가와의 교류가 있었다는 것을 짐작할 수 있다. 아울러 그의 집안에 많은 서적이 있었다는 것도 알 수 있다. 사실, 조연귀는 이덕무나 박제가 등과 교분이 있었고, 그와 관련된 학문과 행적이 『연암집』이나 『청장관전서』 등에 언급되기도 한다.

시에서 박제가는 조태환이 부친 조경암의 학문을 계승하는 아들이라는 것을 중국 최로(崔盧) 문중에 비유하고 있다. 최로는 중국 위진남북조부터 중국 산동성에서 이름이 높았던 최씨와 노씨의 두 가문을 말한다. 게다가 이들 조씨 부자는 둘 다 도학에도 밝아서 주위 사람들에게 영향을 주었다고 말한다.

직암은 유학에 대해서도 높은 학식을 갖추고 있었던 모양이다. 그렇지만 도학과 관련된 직암의 학문은 이번에 나온 『직암영언』의 시조 작품에서나 짐작할 수 있을 뿐이다. 시조 작품을 보면 유학에 관한 직암의 깊이는 부친의 영향도 있었지만, 당시 호서 유학의 영향을 받았던 것으로 보인다. 그래서인지 『직암영언』에는 심성 등의 문제와 함께 조선후기의 도학 담론을 담고 있는 시조 작품들이 많다. 직암은 그 밖에도 여러 지방을 다니면서 느낀 풍광이나 자신의 내면세계를 시조 작품으로 형상화하고 있었다.

정덕유는 본관이 경주이고 성종조의 문신이었던 제안공(齊安公) 정효상(鄭孝常, 1432~1481)의 11세손이다. 자(字)가 문요(文饒)인데 호(號)는 알 수 없다. 그의 집안은 언제부터인가 무반으로 자리를 잡았고 8대조 정충조(鄭忠智, ?~?)가 파주에서 아산으로 내려와 자리를 잡았다. 이후로 후손들은 별다른 출사를 하지 못하고 향반으로 자리를 잡았다. 정덕유는 이석빈과 동갑내기로 아산 둔포면 남

창(南倉) 지역에 거주하였다. 『직암영언』에는 조태환의 정덕유에 대해 언급하는 시조 작품들이 보인다.

이석빈은 본관이 덕수(德水)이고, 자는 덕장(德章)이다. 호는 알 수 없다. 그는 충무공 이순신의 8대손으로 대를 이어 아산에 거주하였다. 충무공의 후손 대부분은 무반으로 자리를 잡았지만, 이석빈은 아산에서 유생으로 활동하며 생애를 마쳤다. 『직암영언』도 이석빈이 주도하여 편집하였다. 그의 시조는 자연 미감이나 강호한정의 내용보다 충효 윤리를 비롯하여 심성(心性)이나 성경(誠敬) 문제 등과 같은 도학적 담론을 읊고 있는 내용이 많았다.

『직암영언』을 들여다보면, 대체로 이들 3인은 시조 창작을 자연스럽게 일상으로 받아들이고 있었던 것으로 여겨진다. 그리고 시조라는 시가 양식을 통해 자신들의 심성과 유학 세계를 표현했던 것으로 보인다.

3. 『직암영언』의 편제와 내용

3.1. 『직암영언』의 편제

『직암영언』은 다음과 같은 편차로 구성되었다.

〈서문(序文)〉(정덕유)
〈죽계별곡(竹溪別曲)〉(조태환의 가사 작품)
〈연산별곡(鷰山別曲)〉(조태환의 가사 작품)
「短歌라」

1~141번 : 조태환의 시조 (141수)

「근화직암영언(謹和直菴永言)」

　　142~153번 : 정덕유(鄭德裕)의 화답시조 (12수)

　　〈정덕유의 자술 소문(自述 小文)〉

「제직암영언(題直菴永言)」

　　154~163번 : 이석빈(李碩彬)의　화답시조 (10수)

　　〈이석빈의 자술소문(自述 小文)〉

조태환의 나머지 시조 43수(164~206번)

〈발문(跋文)〉 (이석빈)

이상과 같이 『직암영언』에는 시조 206수와 가사 2편이 수록되어 있다. 시조 1~141번까지와 가사 〈죽계별곡〉과 〈연산별곡〉은 직암 조태환의 작품으로 가집인 『직암영언』의 중심 대목이다. 이어서 142~153번의 12수는 정덕유가 조태환의 작품에 화답한 시조 작품 이다. 다음으로 154~163번까지의 10수는 이석빈이 정덕유처럼 직 암 작품을 보고서 화답한 시조 작품이다. 그리고 조태환의 나머지 시조 43수가 이어진다. 이를 보면 조태환의 시조 141수에 대하여 정덕유와 이석빈의 화답시조는 부기한 것으로 보인다. 그리고 조태 환의 43수 시조는 이후로 시차를 두고 추가된 것으로 여겨진다.[10]

　『직암영언』의 〈서문〉은 정덕유가, 〈발문〉은 이석빈이 작성하였 다. 그리고 이들은 자신의 화답 시조와 함께 각자의 소감을 적은 자술 소문을 간략하게 적었다. 이를 살펴보면 특정인의 시조 작품

10　이를 보면 『직암영언』의 조태환 시조는 전편 141수와 후편 43수로 구분된다. 후편에 해당하는 43수 시조는 편제상 전편 141수와 분리해서 논의할 필요가 있다.

에 후학들이 화답 시조를 지어서 수록한 가집 형태는 전례를 찾기 힘든 특이한 사례로 여겨진다.

3.2. 조태환의 시조 141수와 가사 2편

3.2.1. 시조 141수

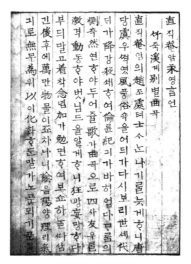

조태환 시조 작품

『직암영언』에 수록된 조태환의 141수 시조 작품에서 비중이 높은 것은 기행시조이고, 이어서 도학 시조와 교훈 시조, 그리고 은일 시조의 순서였다.

1) 기행 시조

조태환의 시조 작품은 기행시조가 중심을 이룬다. 직암의 전체 시조 184수에서 100여 수 정도가 서원이나 유적지를 유력하면서 지었다. 그의 기행 시조는 여행의 기쁨과 시름을 시작으로 명승지의 절경과 흥취를 비롯한 다양한 내용을 담고 있었다. 이 중에는 역대 왕조의 유적지를 유력하면서 드러낸 작자의 역사의식도 엿볼 수 있다. 또는 여러 서원을 방문하여 느낀 작자의 소감이나 내면의식을 형상화하는 작품들도 있었다.

百빅濟졔적 옛셔울이 南남漢한이라 이르거눌
北북門문을 도라드러 國국都도룰 살펴보니
城셩堞쳡은 依의舊구호듸 興흥亡망이 즈최업다   제9수

無무忘망樓누 올나셔서 松숑坡파을 구버보니
金금汗한의 勝승戰젼碑비가 屹흘然련이 노파있다
博박浪랑椎퇴 엇지어더 져 石셕頭두 씨쳐볼고   제10수

西셔壯장臺(대) 홀노 안즈 丙병丁졍事스을 生싱覺각호니
우리 先션王왕 受수辱욕홈과 大대明명皇황恩은 져바리이
憤분惋완흔 一일寸촌肝간腸장이 졀노 쪄려 호노라   제11수

이들 시조는 직암이 온조 백제의 도읍지였던 남한강 위례 지역을 돌아보고 지은 것이다. 첫째 시조는 남한강 일대가 백제의 옛 수도라고 이르면서 지형을 살펴보며 성첩의 역사적 내력을 알 수 없다고 적었다. 반면에 둘째 시조에서는 송파에 우뚝 솟아 있는 삼전도비를 바라보면서 병자호란의 치욕을 상기하며 오랑캐에 대한 적개심을 드러내고 있다. 작자는 진시황을 죽여 나라의 원수를 갚으려

고 사용하려던 박랑의 철퇴로 삼전도비를 깨부수고 싶다는 의지를
피력하였다. 이어 셋째 시조에서는 병자호란으로 수모를 당한 인조
임금의 수모를 환기하면서 명나라 황제에 대한 은혜를 저버렸다며
분한 마음으로 안타까워하고 있다.

한편, 직암은 남산이나 인왕산을 올라 한양을 바라보면서 우리
반만년의 역사를 찬미하거나 태평성대를 찬미하기도 하였다. 이외
에도 직암은 고려와 고구려의 왕도였던 개경과 평양을 유력하며
소감과 함께 역사를 회고하였다. 직암은 개성 만월대를 방문하여
고려 망국의 비애를 읊기도 하고 선죽교에서 순절한 포은 정몽주의
순절을 찬양하기도 한다. 평양에 가서는 연광정의 흥취를 담기도
하고 기자조선의 정전제를 상기하는 시조를 짓기도 하였다. 직암은
이들 역사 유적지를 답사하여 자신의 애국정신이나 역사의식을 시
조에 담았다.

둘째로 직암의 기행 시조에는 서원이나 누대와 관련된 시조 다수
를 남기고 있다. 직암의 시조 141수 중에서 서원을 거명하며 지은
시조가 15수, 그리고 그것과 관련된 사적이나 풍광을 읊고 있는
것을 합치면 20여 수가 넘는다. 직암의 시조는 기행으로 시작한다.
그는 아산에서 비교적 가까운 안성의 도기서원(제1~3수, 제25수)을
방문하여 자신의 소감과 생각을 시조 작품으로 담았다. 이를 시작
으로 심곡서원(용인, 제12수)·양현서원(도봉산, 제19~20수)·옥병서원
(포천, 제22수)·정퇴서원(아산, 제27수)·죽림서원(논산, 제28수)·인산서
원(아산 염치, 제110~114수) 등을 방문하여 배향하고 선현에 대한 깊
은 흠모를 드러내고 있었다. 이외에도 괴산 화양서원을 방문하여
참배하고 〈화양구곡가〉를 남겼다.

아울러 직암의 기행시조는 누대나 정자와 관련이 많다. 그가 다녀
간 누대나 정자는 다음과 같다. 무우대·영귀정(제1~2수, 안성)을 시
작으로 청심루·상고루·강월루(제4~6수, 여주), 무망루·서장대(제10
~11수, 서울 송파), 금수정·조대(제21~22수, 포천), 팔괘정(제29수, 논산),
용두각(제31수, 수원), 화석정(제41수, 파주), 만월대(제43, 개성), 연광정
(제46, 평양), 천대(제50수, 안성), 치마대(제57수, 전주), 한벽당(제58수, 전
주), 암서재(제90수, 괴산), 일치당(제93수, 괴산), 선유당(제96수, 괴산) 등
20여 곳에 이른다.

그런데 그의 시조 작품을 보면 서원과 누정이 서로 밀접하게 맺
고 있는 것을 알 수 있다.

舞무雩우臺대 노푼 臺대을 春츈風풍의 登등臨림ᄒ니
曾증點졈은 간듸업고 뷘 臺대만 나마 잇다
鶴학氅창衣의 썰텨입고 몯ᄂ노라 ᄒ노라   제1수

安안城셩郡군 詠영歸귀亭뎡을 올나안ᄌ 바라보니
沂긔水수는 潺잔潺잔ᄒ고 춤힝花화ᄂ 훗날닌다
아희아 舞무雩우의 바롬이니 咏영以이歸귀 ᄒ리로다   제2수

沙사溪계先션生싱 文문元원公공은 栗률翁옹高고弟졔 尤우
老노師스라
門문路노도 嚴엄正졍ᄒ고 淵연源원도 崇숭深심ᄒ다
道도基긔書셔院원 祗지謁알ᄒ고 仰앙慕모一일念념 그지 업
서 ᄒ노라   제25수

이들 시조는 직암이 아산에서 비교적 가까운 안성의 도기서원 일대를 방문하고 지은 것이다. 여기에는 도기서원과 함께 안성팔경의 하나인 무우대(舞雩臺)와 영귀정(詠歸亭)이 있다. 제1수와 제2수는 안성 팔경의 하나인 〈무우대〉와 〈영귀정〉을, 제25수는 도기서원 관련 내력과 함께 작자의 유림 선현에 대한 숭모심을 담고 있다. 참고로 제25수는 두 번째로 다시 방문해서 지은 것이다.

무우대와 영귀정은 둘 다 정치와 권력이 아닌, 자연 속에서 덕을 닦고 도를 즐기는 데 뜻을 두었던 증점(曾點)의 고사에서 유래한 이름이다.¹¹ 제1수에서 화자는 무우대와 관련된 증점의 고사를 상기하며 그러한 세계를 꿈꾸고 있다. 제2수에서 영귀정은 증점이 기수(沂水)에서 목욕하고 무우대(舞雩臺)에서 바람을 쐬고 홍얼거리며 돌아오겠다는 의미를 내포하는 정자 이름이다. 이 시는 화자 자신도 증점처럼 세상의 속박을 벗어나 자연 속에서의 낙을 즐기는 것을 내포하는 내용이다. 제25수는 우암 송시열의 스승으로 사계 김장생을 배향하는 도기서원을 참배하면서 갖는 작자의 내면을 담은 것이다. 율곡 이이에서 사계 김장생, 사계 김장생에서 우암 송시열로 이어지는 기호 사림의 도학에 대한 작자 내면의 깊은 울림을 적고 있다.

이외에도 직암은 조상 관련 유적지를 갔다가 느끼는 소감을 형상화하는 시조들이 있다. 직암은 선조를 기리거나 쇠퇴하는 문중을

---

11 공자가 제자들에게 각자의 뜻을 묻자 세상에 나가 큰 공을 세워보고 싶다고 하였다. 그러나 증점(曾點)은 "따스한 봄날 봄옷이 이루어지면 기수(沂水)에서 목욕하고 무우대(舞雩臺)에서 바람을 쏘인 뒤에 홍얼거리며 돌아오겠습니다."라고 말한 데서 유래한 말. 증점은 자신의 덕을 닦고 도를 즐기는 데 뜻이 있었으므로 공자가 탄식했던 것이다. (『논어』, 〈선진(先進)〉)

걱정하였다. 더 나아가 그는 어려운 종족을 돕자는 문중 의식을
드러내었다.

2) 도학시조와 교훈시조

도학시조는 성리학의 우주론적인 문제나 인간의 심성 문제, 사물
의 이치를 탐구하거나 유학 경전의 주요 내용 등을 다루고 있는
작품이다. 반면에 유교의 생활 윤리를 고양하거나 세태와 정치 현
실을 비판 내지 경계하는 작품은 교훈 시조의 범주에 든다. 그렇다
고 이들 시조가 분명하게 구분되는 것은 아니다. 도학시조와 교훈
시조는 서로 교집합의 관계로 결합하거나 혼용되어 나타난다. 경우
에 따라서는 유력하면서 지은 기행시조에서도 도학이나 교훈의 내
용을 담고 있다.

濂넘溪계의 沐모浴욕ᄒ고 明명道도쎄 기롤 무러
伊이川텬 니물 건너가셔 晦회菴암의 잠을 자고
언졔나 三삼達달德덕 모든 길의 誠셩意의關관을 드러볼고

제69수

초장에서 염계(濂溪)는 성리학의 기초를 닦은 북송 시대의 주돈
이(周敦頤, 1017~1073)를 말한다. 그의 학설은 송대 도학(道學)의 방
향을 설정하는 단초가 되었다. 당시 주돈이는 '성(誠)'이 도덕의 근
본 규범으로 현상 세계를 변화시킨다고 하였다. 그리고 명도(明道)
와 이천(伊川)은 북송 시대의 정호(程顥, 1032~1085)·정이(程頤, 1033
~1107) 형제를 말한다. 회암(晦菴)은 남송 시기의 유학자인 주회(朱

熹, 1130~1200)를 말한다. 유학사에서는 송 유학의 형이상학적 사유 체계가 주렴계로부터 시작하여 이정(二程) 형제를 거쳐 남송 시기의 주희에 의해 집대성된 것으로 여겨진다.

초장과 중장에서 화자는 주렴계에게 목욕하고 정명도에게 길을 묻고 정이천의 냇물을 건너가서 주회암에게 와서 잠을 자겠다고 말한다. 이는 '주돈이 → 정호와 정이 → 주희'로 이어지는 도맥을 존숭하면서 그들의 가르침을 배우고 따르겠다는 작자의 의지를 피력한 것이다. 그래서 마침내 '성(誠)'의 관문을 통해서 '삼달덕(三達德)'을 이루겠다고 한다. 여기에서 '삼달덕'이란 『중용』에 나오는 세 가지 큰 덕으로 지혜[智]와 어진 마음[仁]과 용기[勇]를 말한다. 다시 말해 지혜로운 사람은 유혹에 흔들리지 않고, 어진 사람은 작은 일을 걱정하지 않고, 용기 있는 사람은 어떤 것도 두려워하지 않는다는 것을 말한다. 그리고 이것은 모두 성(誠)으로 통일된다. 따라서 이 시조의 작품 내용은 도학 공부의 필요성과 함께 삼달덕 차원에서 성의 필요성을 담은 것이다. 그런 점에서 이 시조는 전형적인 도학 시조의 부류라고 하겠다. 그런데 다음 작품은 도학적 내용을 담고 있으면서 교훈적인 성격을 지니고 있다.

> 하늘게 性셩을 타나 仁인義의禮녜智지 가자쩌니
> 七칠情졍이 發발動동ᄒ야 善션惡악이 ᄂ뇌엿다
> 小소子자ᄋ 中듕을 부듸 일흘셔라 盜도蹠쳑되기 須슈臾유間
> 간의 잇ᄂ니라
>   제112수

이 시조는 언뜻 16세기 조선 성리학의 주요 쟁점이었던 사단(四

端)과 칠정(七情)의 관계를 다루는 도학시조로 보인다. 인간의 본성은 하늘로부터 부여받아 인(仁)·의(義)·예(禮)·지(智)라는 사단을 갖고 있다고 한다. 그리고 인간이 외부 사물과 접촉하며 인간의 자연적인 감정인 희(喜)·노(怒)·애(哀)·구(懼)·애(愛)·오(惡)·욕(欲)이라는 칠정이 발동된다고 보았다. 여기에서 전자를 본연지성, 후자를 기질지성이라고 한다. 이들 사단과 칠정은 처음에 서로 다른 맥락에서 사용되었다. 그러다가 중국에서 성리학이 일어나면서 상반되는 대조적인 의미로 인식되기에 이르렀다. 전자는 인간의 심성이 발현되는 과정에서 도덕적 성격을 띤다고 보았다. 반면에 후자는 때로는 불순하여 인간의 선한 본성과 대립한다고 보았다. 이 시조에서는 그것을 전제로 하고 있다.

그런데 종장에서는 '중(中)'을 잃으면 순식간에 도둑의 무리로 떨어진다고 경계한다. '중'이란 희로애락의 미발 상태를 말한다. 그리고 '중'을 잃었다는 것은 이미 희로애락을 발현한 이발의 상태를 의미한다. 이러한 미발과 이발의 문제는 18세기 호락논쟁에서의 중심 의제이기도 하였다. 당시 호론은 미발의 마음에 선악이 있다고 보았는데, 낙론에서는 미발 시에만 이의 순수성을 강조하여 선만이 존재한다고 보았다.[12] 이 시조는 이는 18세기에 있었던 호락논쟁의 성정과 관련된 도학적 내용을 담고 있는 시조 작품이라고 말할 수 있다. 하지만 종장을 보면 화자가 청자를 대상으로 인간의 성정에 가르치고 일깨우는 교훈시조로 파악된다. 일종의 도학적 교훈시조라고 규정할 수 있겠다.

---

12   이경구, 『조선, 철학의 왕국』, 푸른역사, 2018, 93쪽.

교훈시조는 사람이 지켜야 할 일상 윤리를 일깨우거나 생활 중에 일어날 수 있는 여러 문제를 경계하는 내용을 담은 것이다. 특히 직암은 50세를 전후로 아산 연암산에 거주하면서 많은 교훈시조를 남겼다. 당시 지었던 110번부터 131번째의 시조는 투전, 색욕, 주색을 비롯하여 교만이나 망언, 더 나아가 당쟁과 당파를 비판하거나 양반 행실을 경계하는 내용을 주로 담았다.

술이라 ᄒᆞ는거슨 狂광藥약이오 非비佳가味미라
謹근厚후性셩을 옴겨다가 凶흉險험類뉴 절노되니
古고今금의 傾경敗픠者자을 歷녁歷녁히 볼지어다   제119수

世세上상의 사룸드라 兩냥班반자랑 너무마쇼
兩냥班반이 兩냥班반아녀 行ᄒᆡᆼ實실이 兩냥班반이라
진실노 行ᄒᆡᆼ實실곳 업셔시면 兩양班반이라 이를쇼냐

제120수

첫째 시조는 술을 경계하는 내용으로 『소학집주(小學集註)』의 어절을 그대로 우리말로 옮겨 시조로 만든 것이다.[13] 화자는 술이란 사람을 미치게 하는 약이요, 아름다운 맛이 아니라고 말한다. 사람의 삼가고 돈후한 성품을 흉하고 음험한 무리가 되게 만든다고 한다. 그래서 술로 말미암아 고금에 패망한 사람을 일일이 모두 기억할 수 있다고 한다.

---

13 『小學集註』, 「嘉言」第5, "戒爾勿嗜酒, 狂藥非佳味. 能移謹厚性, 化爲凶險類. 古今傾敗者, 歷歷皆可記."

둘째 시조는 행실이 뒤따르지 못하는 양반을 비판하며 경계하는 내용이다. 주지하다시피 양반은 조선 시대에 지체나 신분이 높은 상류 계급에 속한 사람들이었다. 국가적으로 여러 혜택을 받았고 과거를 통해 관직에 진출하여 정치에 참여할 수 있었다. 그러니만큼 사회적으로 여러 책임과 도덕이 필요하였는데, 현실은 그러지 못한 경우가 많았던 모양이다. 직암은 시조를 통해 양반의 잘못된 행태를 비판하며 경계하고 있다. 결국 이들 두 작품은 술로 말미암아 발생할 수 있는 문제를 경계하거나 양반들의 잘못된 행실을 비판하는 내용으로 교훈 시조의 전형을 보여준다.

3) 은일 시조

마지막으로 은일시조가 주목된다. 직암은 유자로서 성리학의 심성에 관한 생각이나 성현의 가르침, 또는 유교 윤리 등을 시조 작품으로 형상화하였다. 이외에도 당대 현실의 잘못된 세태를 비판하거나 경계하기도 하였다. 한편, 그는 복잡한 현실에서 벗어나서 그것과 거리를 두고 살아가려는 처사로서의 꿈을 또한 갖고 있었던 것으로 보인다.

鳶연岩암山산 花화溪계上상의 無무心심이 안즈시니
松숑風풍은 거문고요 杜두鵑견聲셩은 노러로다
世셰上상이 모로시니 예서 一일生싱 노로리라   제54수

頹퇴然연玉옥山산 醉취훈 후에 石셕頭두閑한眠면 잠을 드니
安안車거駟스馬마 꿈쇽이요 美미水슈佳가山산 이리 업다

아마도 松숑壇단의 紫자芝지歌가는 이니 生싱涯인가 ㅎ노라

제61수

鳶연山산下하 岩암穴혈속의 白빅玉옥이 무텨시니
往왕來내ㅎㄴ 벗님네들 돌이라 ㅎㄴ고나
두러라 알니 없스니 돌인쳬 害히로오랴

제65수

『직암영언』을 보면 직암이 50세를 전후로 연암산이란 자연 공간에서 산중 생활을 하고 있던 것이 확인된다. 첫째 시조에서는 세상과 절연하고 연암산에서 살아가는 화자의 모습을 형상화한 것이다. 둘째 시조는 화자인 직암이 번잡한 세속을 벗어나 산중에서 상산사호(商山四皓)처럼 살아가려는 은자로서의 꿈을 표현한 것이다. 그렇다고 그가 세속과 모든 인연을 끊고 살았던 것은 아니었던 듯싶다. 셋째 시조를 보면 그는 연암산에서 사람들과 어느 정도 교류를 하고 있었던 것이 확인된다. 여기에서 화자는 연암산에서의 생활을 보석처럼 생각하고 있지만 사람들은 잘못 이해하고 있다고 생각한다. 하지만 그는 그것에 개의치 않겠다고 한다. 이를 보면 그는 이전의 분주한 삶과는 다르게 어느 정도 현실에서 벗어나 비교적 한적한 생활을 할 수 있었던 것으로 짐작된다.

3.2.2. 가사 2편

『직암영언』에는 조태환이 지은 〈죽계별곡(竹溪別曲)〉과 〈연산별곡(燕山別曲)〉이라는 교훈가사 2편이 수록되어 있다. 〈죽계별곡〉은 고려 충숙왕 때의 안축(安軸, 1287~1348)이 경북 영주 순흥의 아름다

운 경치를 읊은 경기체가 작품이 있었다. 하지만 이번에 나온 조태환의 〈죽계별곡〉은 제목만 같지, 시가 양식이나 작품 내용이 전혀 다른 가사 작품이다. 〈죽계별곡〉은 아산 인근에 있는 광덕산 남쪽의 죽계(竹溪)라는 곳에서 지은 것으로 추정된다. 〈연산별곡〉은 조태환이 초로의 시기에 충남 아산 음봉면의 연암산 일대에 초당을 마련하고 거처하면서 지은 가사 작품이다.

〈죽계별곡〉과 〈연산별곡〉은 둘 다 '오륜'을 제재로 하는 교훈가사이다. 그런데 둘 다 '군신(君臣)' 관계를 언급하지 않고 가문 내의 부모 효도나 형제 우애, 부부 관계를 강조하는 공통점이 있다. 〈죽계별곡〉은 향촌과 분리하여 가문 내부에서의 부모(효도), 형제(우애), 친척(화목)으로 이어지는 윤리 덕목을 위주로 기술하는 특징이 있다. 그리고 〈죽계별곡〉에는 부부의 덕목을 기술하면서 우부(愚夫)와 용부(庸婦)의 인물형이 등장하기도 한다. 한 마디로 〈죽계별곡〉은 자연 풍광과 상관없는 인간으로서 마땅히 지녀야 할 윤리 규범을 고취하는 내용이다. 전체 글자수는 2,200여 자이고, 분량이 2음보 1구로 198구에 이르는 중형가사이다.

〈연산별곡〉도 작중 화자가 연암산에 집을 짓고 은사를 자처하고 있는바, 영락없는 은일가사처럼 보인다. 하지만 내용은 전혀 그렇지 않고 시종일관 유교 윤리를 강조하고 있다. 여색을 경계하거나 이웃과의 화친을 강조한다지, 농사에 힘쓰라는 권계의 내용 등을 담고 있다는 점에서 〈연산별곡〉도 〈죽계별곡〉처럼 교훈가사의 전형을 보여준다. 다만 〈연산별곡〉은 오륜(五倫)과 함께 몸가짐을 조심하라는 '경신(敬身)'의 내용도 추가하고 있다. 이 점에서 〈죽계별곡〉과 차이가 있다. 〈연산별곡〉의 글자수는 모두 1,300여 자이고,

작품 크기는 2음보 1구로 114구의 중형가사에 해당한다.

이처럼 〈죽계별곡〉과 〈연산별곡〉은 둘 다 교훈가사라는 점에서 같다. 전자에서 시적 화자는 자신이 직암 조처사라고 하면서 청자를 '벗님네'로 부르고 있다. 반면에 〈연산별곡〉에서는 은자를 뜻하는 도처사(陶處士)라고 자칭하고 있지만, 청자에 대해서는 밝히고 있지 않다. 하지만 둘 다 작자 자신이 화자가 되어 향촌 사회보다는 가문 내부를 대상으로 하고 있다는 공통점이 있다. 진술 방식으로 본다면 장면화를 통한 구체적인 예시가 아닌, 직접적 교훈형의 유형에 해당한다.[14]

이들 가사는 서술 내용에서 약간의 차이를 보인다. 〈죽계별곡〉에서는 부모에 대한 효도, 형제 사이의 우애, 부부 사이의 도리, 어른과 어린이 또는 윗사람과 아랫사람 사이에는 지켜야 할 윤리 규범을 강조하고 있다. 〈연산별곡〉에서도 〈죽계별곡〉에서처럼 부모, 형제, 부부, 벗들 사이에서 지켜야 할 강상 윤리를 담고 있다. 따라서 이들 작품이 오륜가류 가사 작품의 범주에 든다고 볼 수 있다. 그런데 〈연산별곡〉은 그것에서 더 나아가서 여색이나 재물, 시비 분쟁과 같은 구체적 현실 사안을 강조하는 차이가 있다. 다만, 〈죽계별곡〉이 다소 추상적인 내용이라면, 〈연산별곡〉은 보다 구체적인 일상사로 접근하고 있다는 것을 알 수 있다.

---

14 박연호는 교훈가사를 진술 방식에 따라 '직접적 교훈형', '간접적 교훈형', '혼합형'의 세 가지로 구분하고 있다. 이에 대한 구체적인 내용은 다음 논문을 참조할 것. (박연호, 『교훈가사 연구』, 다운샘, 2003, 175~273쪽.)

3.2.3. 나머지 시조 43수

『직암영언』에는 정덕유와 이석빈의 화답시조 다음에 43수가 수록되어 있다. 이것은 이석빈의 시조가 아니라, 조태환이 지은 것이다. 그것은 43수의 제19수를 보면 작자가 충무공의 후손인 이석빈을 칭찬하는 내용이 나온다. 이를 보더라도 이들 43수의 작자는 이석빈이 아니라, 직암 조태환이라는 것을 알 수 있다. 그리고『직암영언』에서 정덕유와 이석빈의 시조는 조태환의 시조에 덧붙여진 것이라는 것을 명심할 필요가 있다.

조태환의 나머지 시조 43수는 앞서 141수처럼 직암 자신의 체화된 유학적 이념과 정신세계를 담거나 풍류 의식이나 여행 과정에서의 내면 풍경을 읊고 있었다. 그런데 여기 43수는 조선후기 성리학의 담론 이념을 다루는 특징이 보인다. 특히 유학사에서 다뤄졌던『중용』과『대학』의 담론 내용과 관련이 깊다.『중용』에서의 '心性'이나 '至誠'을 비롯한 '天命'·'時中'·'存養' 등의 내용을 시조의 중심 소재로 노정하였다. '明德'과 같은『대학』의 항목도 거론되었고 심지어 성리학적 우주론인 理氣論도 있었다. 그런데 이들 항목은 단독 항목으로 다뤄지기도 하지만 서로 결합하여 형상화되기도 한다. 이들 항목으로 살펴보면 대략 다음과 같다.

'心'(13회), '誠'(3회), '紀行'(5회), '交友'(4회), '風流'(4회), '理氣'(3회), '敬'(2회),
'孝'(2회), '明德'·'直'·'處己'·'聖學'·'尊德性·道問學'·'淸意味'·'言語'(각 1회씩).

여기 43수 시조 작품을 살펴보면 가장 많이 다뤄지는 중심 소재는 '心[마음]'(13회)이었다. '성(誠, 5회)', '기행(5회)', '교우'(4회)와 '풍류'(4회)가 뒤를 잇고 있다. 이들 중에서 '紀行'·'交友' 또는 '風流' 등을 제외한 대부분의 중심 소재가 도학과 관련이 많다는 점을 주목할 필요가 있다.

먼저 '心[마음]'은 조선후기 유학사에서 빼놓을 수 없는 핵심 항목이다. 심성론은 『중용』을 바탕으로 그것의 철학적 속성과 작용을 주로 다룬다. 조태환의 시조 43수에서 13수 정도가 심성 문제를 주제로 삼고 있었다.[15] 여기에서 마음을 단독 주제로 다루는 것은 5수이고,[16] 나머지는 다른 제재인 풍류나 기행 등과 결합하고 있었다.

거울은 발건마는 垢塵으로 昏暗ᄒ고
ᄆᆞ음은 발건마는 物欲으로 昏昧ᄒ니
진실노 磨鏡磨心 積功ᄒ면 本비치 다시나리　　　　제8수

一身의 主宰와 萬事의 根本이 ᄆᆞ음을 일으미니
心正ᄒ면 身正ᄒ고 身正ᄒ면 物正ᄒ니
진실노 正心一於正ᄒ면 表裏가 사이홀가　　　　제9수

위의 제8수는 하늘로부터 받은 인간의 선한 마음을 거울로 비유하여 형상화한 시조 작품이다. 거울은 본디 맑은 것인데 티끌과

15　이와 관련된 시조 작품은 순서대로 제2·7·8·9·10·11·21·23·25·26·29·31·38수가 해당된다.
16　여기에 해당하는 시조는 제7·8·9·10·31수이다.

먼지가 쌓이면서 어두워진다. 우리 인간의 마음도 본디 착한데 바깥으로 치닫게 되면서 거울처럼 어두워지게 된다는 것이다. 이를 위해 끊임없이 거울을 닦아야 맑고 깨끗한 본래 모습을 되찾게 된다. 이처럼 거울을 갈고 닦듯이 우리 마음도 정성과 공경으로 끊임없이 갈고 닦아야 본디 모습을 회복한다는 것이다. 이 시조는 언뜻 마음을 닦는 돈오점수의 불교시로 보인다. 하지만 이 시조는 남송 시기 주희의 시를 활용하여 조선 영조의 문신 김재로(金在魯)가 『고중경마방서(古重鏡磨方序)』에 지었던 한시를 상호텍스트한 것으로 판단된다.[17]

제9수에서는 몸을 중심으로 일어나는 모든 사건의 근본을 마음으로 파악한다. 마음이 바르면 몸이 바르고, 몸이 바르면 사물이 바르게 된다. 결국 바른 마음을 하나같이 바르게 하면 겉과 안의 틈새가 생기지 않는다는 것이다.

여기 시조 43수의 전편을 통해 관통되고 있는 직암의 도학적 태도는 '敬'과 '誠'이나 '尊德性·道問學' 등과 같은 사례에서도 그대로 확인된다.

> 天者는 誠而已라 至誠無息 ㅎ오시니
> 敬을 가져 誠의 가면 與天同大 ㅎ오리라
> 아마도 做人底樣子는 敬誠 밧긔 쏘업ᄂ니   제14수

조태환은 수양을 통해서 인간 완성을 추구한다는 성리학 수양론

---

17   金在魯, 「古重鏡磨方序」, "磨鏡磨心自有方, 曰心曰鏡本明光, 明道伊川乃正路, 晦庵闕里是本鄉."

의 '誠[정성]'과 '敬[공경]'과 관련된 시조도 남겼다. 여기에서 '誠'이
란 天理에 일치하는 진실을 구현하는 것이고, '敬'이란 천명을 두려
워하여 조심하고 삼가는 것이다.[18]

　제14수에서는 『중용』 제26장에 나오는 '天道'를 바탕으로 '敬'과
'誠'이 맺고 있는 불가분의 관계를 다루고 있다. 작자는 "하늘은
誠이고 지극한 誠은 쉼이 없다."라고 말한다. 여기에 '敬'으로써
'誠'에 들어가면 마침내 하늘과 더불어 크게 된다고 말한다. 이 말
은 사람이 하늘의 도이고 성인의 도라는 '誠'에 들어가려면 '敬'이
라는 실현 수단이 필요하다는 의미이다. 그래서 화자는 사람을 만
드는 틀이 '敬'과 '誠'밖에 없다고 역설하고 있다.

　한편, 여기 조태환의 43수 시조 작품에서 주목되는 것은 정신적인
자유로움과 풍류 정신을 지향하거나 표출하고 있었다는 사실이다.

　　北海의 노는 鯤과 絳霄의 凌摩鵬은

　　任意로 노린면셔 揚揚自得 ᄒᆞᄂᆞ고나

　　우리도 언졔나 네 몸되야 遊海遊天 ᄒᆞ여볼고　　　　제35수

　　光風霽月 달불근 밤의 三十六宮 往來ᄒᆞ니

　　天根月窟 죠흔 景이 곳곳마다 春意로다

　　아희아 無絃琴 드러라 쇼리업시 집퍼보자　　　　제36수

　제35수는 『장자』 · 「소요유」편에 나오는 우화를 원용하여 작자

18　금장태, 『한국유학의 탐구』, 서울대학교 출판부, 1999, 53쪽.

자신이 지향하는 자유로운 정신세계를 읊은 것이다. 책의 내용에 의하면, 북쪽 바다의 큰 물고기인 곤(鯤)이 변하여 붕새가 된다고 한다. 그리고 등허리가 수 천리나 되는 붕새는 한 번 날면 구만리를 솟구쳐서 남녘 바다를 향해 날아간다고 한다. 여기서 시적 화자는 그들처럼 바다와 하늘을 거리낌 없이 마음껏 자유롭게 노닐고 싶다는 소망을 피력하고 있다.

제36수는 북송 소옹(邵雍, 1011~1077)의 시 〈관물음(觀物吟)〉과 도잠(陶潛, 365~427)의 '無絃琴' 고사를 원용하여 자유롭고 얽매이지 않는 정신적 자유로움을 읊고 있다. 시적 화자는 비 갠 뒤에 부는 맑은 바람과 밝은 달이 뜬 밤에 천근(天根)과 월굴(月窟) 사이의 삼십육궁을 한가로이 왕래한다는 유유자적한 정신세계를 말한다. 여기에서 음과 양을 뜻하는 천근(天根)과 월굴(月窟)의 삼십육궁을 자유로이 왕래한다는 것은 얽매이지 않으면서 천지 음양의 순환과 규칙을 거스르지 않겠다는 것을 의미한다. 한편, 도연명은 음률을 모르는데 술 마시고 흥취가 일어나면 줄없는 거문고를 타면서 자기 뜻을 부쳤다고 한다. 여기 종장에서는 무현금을 통해 도연명처럼 세속의 구속과 억압을 벗어나 자유로움을 추구하는 풍류 정신을 엿볼 수 있다.

이러한 시조들은 다른 작품과 달리, 도학적인 내용이 아니다. 오히려 사물에 얽매이지 않고 거리낌이 없는 자유롭고 여유작작한 정신세계를 지향한다. 그렇다고 여기 작자가 지향하는 소요유의 자유로운 정신세계는 '誠敬'이나 성인지도와 같은 유가적 삶과 상충하는 것이 아니었다. 그것은 다음 시조에서처럼 도가적 세계관이 아닌, 도학적 가치를 구현해가는 하나의 정신적 방편에서 나온 것으로 보인다.

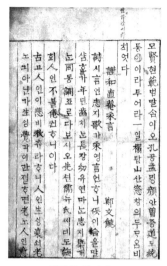

정덕유 화답시조

3.3. 정덕유의 화답시조 12수

『직암영언』에는 정덕유가 〈근화직암영언(謹和直菴永言)〉이라는
제목으로 직암 조태환에게 화답한 시조 12수가 수록되어 있다. 그
는 직암의 141수 시조에 대한 화답시조 12수를 짓고서 후기를 남겼
는데, 직암선생의 작품에 비해서 자신은 존재감이 없다면서 자세를
낮추고 있다.[19] 앞서 언급한 바, 조태환은 국토를 여행하면서 느낀
소감이나 자연 풍광, 또는 역사적 발자취를 따라 느끼는 개인적
심사, 세속에서 벗어나 살아가는 은거 의식 등과 같은 비교적 다양
한 내용을 담았다. 그런데 정덕유의 화답시조는 그와 같은 조태환
의 여러 내용에서 도학시조에 초점을 맞춰 대응하는 특징이 있다.

---

19 『直菴永言』, "右短歌 十二関, 妄以布鼓之音, 敢進雷門之下, 實不滿涔寂中, 一哂
之資耳. 然而其中, 未必不有燒香之餘, 或供一覽耶."

정덕유의 화답시조를 살펴보면 다음과 같다. 먼저 전체 12수에서 처음 3수는 정덕유의 관점으로 조태환의 삶과 의식 세계를 형상화 하는 내용이다. 여기에서는 직암의 사람됨과 품성에 초점을 맞추고 있다.

詩시言언志지 歌가永영言언 ᄒ니 ᄯᅳ시슴을 말샴ᄒᆞᆫ가
年년齒치ᄂᆞᆫ 長장幼유연마ᄂᆞᆫ 志지ᄋᆞ개ᄂᆞᆫ 同동調죠로다
보시오 先션儒뉴氏씨네도 誨회人인不불倦권 ᄒ니이다.

제1수

제1수에서 작자는 『서경』의 〈순전(舜典)〉 편에 있는 '詩言志 歌永 言'이라는 시의 성격에 관한 전통적인 관점을 환기하고 있다. 화자 는 직암 선생이 시가에 뜻을 두면서 나이에 상관없이 뜻을 함께하 였고 선인들의 가르침을 게을리하지 않았다고 말한다.

이어서 제4수에서 12수까지의 나머지 화답시조는 직암의 시조 작품에 대한 정덕유 자신의 내면과 의식 세계를 담고 있다.

孔공孟밍程뎡朱주 가신 後후에 靜졍退퇴栗뉼尤우 어듸신고
不부傳젼之지學학 잇건마ᄂᆞᆫ 그뉘라셔 이어닐고
夕셕陽양이 지너머 갈졔 懷회抱포계워 ᄒ노미라

제7수

이 시조에서는 '孔孟程朱, 靜退栗尤'로 압축되는 중국과 조선의 도학적 흐름을 제시하고 있다. 이것은 정덕유가 생각하는 도학적 흐름이다. 여기에서 '孔孟程朱'는 중국의 공자와 맹자, 정호와 정이

형제, 그리고 주희를 일컫는 말이다. 그리고 '靜退栗尤'는 우리나라의 정암 조광조, 퇴계 이황과 율곡 이이, 그리고 우암 송시열로 이어지는 도학 계보를 의미한다.

작자가 바라보는 동방 도학은 공자로부터 우암 송시열까지 이어졌는데, 앞으로 누가 이것을 이어갈지 걱정된다는 것이다. 그래서 그는 날이 저무는 석양에 서서 걱정되어 생각이 많아진다고 토로하고 있다. 참고로 여기에서 제시된 조선의 도학적 흐름은 논자에 따라 얼마든지 달라질 수 있었다.

> 陰음陽양五오行힝 理니氣긔바다 戴대天텬立입地지 ᄒ여시니
> 이몸이 微미妙묘ᄒ나 萬만物믈이 最최靈령이라
> 날마다 셰번식 살펴 擴확充튱홀가 ᄒ노ᄆ라   제12수

마지막인 12번째 시조에서는 음양오행과 이기(理氣)를 제시하며 자신의 신체가 뭐라고 말할 수 없는 미묘한 존재이고 만물 또한 신령스럽다고 말하고 있다. 그리고 이를 하루에 세 번씩 살펴서 학문과 실천을 확충해 가겠다고 다짐한다. 물론, 풍류적인 내용을 드러내거나[20] 끊임없는 학문 정진을 당부하기도 한다.[21] 하지만 정덕유는 시조 전편에서 도학적 관심을 보이고 있었다.

한 마디로 정덕유의 시조 작품은 유학, 그중에서도 도학에 깊은 관심을 보인다. 역사적으로 남송 이래로 내려온 성리학의 이기 문제는 16세기 중후반에 퇴계와 율곡이 주도하던 사단칠정에 대한

---

20 제5수.
21 제10수.

논쟁이 있었다. 그리고 17세기 후반에는 우암 송시열로 대표되는 왕실 복제를 둘러싼 예송 논쟁으로 이어졌다. 그러다가 정덕유가 태어난 18세기에는 미발 때 마음의 본질, 인성과 물성이 과연 같은지 아니면 다른지, 그리고 성인과 범인의 마음이 같은 것인지 다른 것인지를 둘러싼 호락논쟁이 오랫동안 이어졌다.[22] 이것은 19세기 전반기에도 계속 이어졌다. 그래서인지 아산에서 활동하던 조태환, 정덕유, 이석빈도 그러한 호락논쟁의 자장권에 있었다. 그리고 이들은 심성이나 수양과 같은 당대의 주요 관심 내용을 시조 작품에 구현하고 있었다.

3.4. 이석빈의 화답시조 10수

이석빈은 『직암영언』에 화답하여 「제직암영언(題直菴永言)」이라는 편명으로 10수의 화답 시조를 지었다. 이석빈의 화답 시조 10수는 대부분 도학 시조이다. 이는 이석빈이 직암 조태환의 시조 작품에서 도학 세계에 초점을 맞추었다고 하겠다. 그런데 이석빈의 화답 시조는 『시경』의 시 분류 방식인 육의(六義)에서의 '부비흥(賦比興)'을 사용하는 특징이 있다.

'부비흥'은 『시경』의 〈대서(大序)〉에서 비롯된 용어이다. 여기에서 '육의'는 시의 성질에 따라서 풍아송(風雅頌)과 서술방식에 따른 부비흥(賦比興)으로 다시 나뉜다. 이를 시조에 적용한다면 성질에 따라서는 '풍(風)'에, 서술방식에 따라서는 '부·비·흥'의 하나이거

나 서로 결합하는 방식이다. 이석빈은 그런 방식을 자신의 화답시
조에 밝히고 있다.

	시조 작품	육의(六義)	주제	비고
1	鵁巖山 노피 난 峯은~	興	尊德性	
2	驪江의 나린 물과~	比	道問學	
3	聳山絶頂 노피 안저~	賦	明善	
4	胸中의 萬=懷는~	賦	明善省身	'明善誠身'
5	어지다고 다貴ᄒ면~	賦	反己	
6	聖學의 第一步는~	賦而比, 賦	工夫	사설시조
7	壁上의 걸닌 燈이~	比	明德 ○心之本體	
8	놉피쓰는 져 솔기는~	比	本然 ○天命之性	
9	山中의 靈芝풀은~	比	氣質	
10	그렁져렁 읍ᄂ소릭~	賦	愼言	

이를 보면 이석빈은 '흥(興)'보다는 주로 '부(賦)'와 '비(比)'의 수사
방식을 활용하였다. 작품 내용도 성리학의 도학적 담론을 주제로
하고 있었다. 그러다 보니 사물을 통해 내면을 읊는 서정적 표현
방식인 '흥(興)'보다는 어떤 뜻을 서술하거나 비유하고자 하는 '부
(賦)'와 '비(比)'의 방식을 보다 선호한 것으로 보인다.

다음은 이석빈의 화답시조에서 '부비흥(賦比興)'이 어떻게 구현되
고 있는지 몇몇 작품을 통해 살펴본다.

鵁巖山 노피 난 峯은 湖西의 名山이오 牙州의 巨鎭이라
그 아릭 草屋三間 寂寞ᄒ 고즌 直菴居士 書室일시
平生의 積累ᄒ 工이 너와 갓치 崢嶸홀가
(興 ○ 尊德性)　　　　　　　　　　　　　　　제1수

이석빈 화답시조

  이 시조는 『직암영언』에 화답하는 「제직암영언(題直菴永言)」의
첫수에 해당한다. 작자는 직암 선생에 대한 소개와 함께 자신의
마음을 읊고 있다. 항목은 '존덕성(尊德性)'으로 하고 있다. '존덕성'
이란 성리학에서 다뤄지는 주요 항목으로 자신의 덕성을 돌보고
보존하여 도의 본체에 도달한다는 것이다. 여기 시조에서는 '존덕
성'을 서술하거나 비유한 것이 아니다. 그것은 오랫동안 수양과 학
문을 갈고닦은 직암에 대한 작자의 감흥을 읊은 것이다. 이것은
'부'나 '비'가 아닌, 작자의 감흥을 읊고 있는 '흥'의 작법에 해당한다.

  驪江의 나린 물과 永平의 무운 山이
  漢陽三角 마다ᄒ고 一隅心村 무삼일고
  아마도 山林淸景은 이 뿐인가
  (比 ○ 道問學)   제2수

이 시조에서 '비(比)'의 작법으로 '도문학(道問學)'을 읊었다는 것을 적시하지 않았다면 안빈낙도나 강호자연을 읊은 것으로도 생각할 수도 있다. 그런데 작자가 달아놓은 부기를 통해서 어떤 뜻을 담아내기 위하여 표현한 육의의 '비(比)' 체라는 것을 알 수 있다. 주제도 성리학 항목 중의 하나인 '도문학(道問學)'을 읊었다는 것을 밝히고 있다. '도문학'은 묻고 배움으로 말미암아 지극한 도의 세계를 다하는 것을 말한다. '도문학'은 본심을 돌보고 보존하는 '존덕성'을 근간으로 서로 짝을 이뤄 진리를 탐구하고 실현하는 단계의 공부이다.

이석빈은 자연물의 비유를 통해서 덕성을 근간으로 지극한 앎에 이르는 도의 세계를 자연물의 비유를 통해 드러내고자 하였다. 여기에 등장하는 '여강의 물'과 '영평의 누운 산', '한양삼각'이나 '일우심천'은 자연물 자체가 아닌, 하나의 비유 체계이다. 시적 자아는 이와 같은 자연물의 비유와 대조를 통해 '한양 삼각'으로 대변되는 부귀영화를 거부하고 '일우 심촌'으로 상징하는 도의 세계를 지향한다. 그리고 여기에서 시적 자아가 추구하는 도의 세계는 세속에 있지 않고 직암이 머무는 산림청경에 있다.

> 聳山絶頂 노피 안저 世間事을 生覺ᄒᆞ니
> 禍福은 門이 업고 舜蹠은 니게 잇네
> 貧富窮達이 自有命ᄒᆞ니 怨天尤人 부듸마오
> (賦 ○ 明善)   제3수

이는 「제직암영언」에 수록된 10수 중의 제3수이다. 이 시조에서

화자는 우뚝 솟은 산꼭대기에 앉아서 세상사를 생각한다. 그런데 가만히 살펴보니 재앙과 복은 따로 들어오는 문이 없다. 순 임금 같은 어진 사람과 도척(盜跖)의 구분은 모두 나 자신에게 달려있다. 그러니 빈부나 궁달이 자신의 운명에 있기에 하늘을 원망하거나 남을 탓하지 말라고 당부한다. 수사는 '부(賦)'체이고, 핵심 내용이 '명선(明善)'이다.

  이는 자사(子思)가 지었다고 하는『중용(中庸)』에 나오는 "몸을 참되게 하는 길이 있으니, 선을 분명히 알지 못하면 몸을 참되게 하지 못할 것"[23]라는 언급에 근거한 것이다. 이를 '명선성신(明善誠身)'이라고 하는데, 여기에서는 '명선(明善)'의 중요성을 형상화한 것이다. 한 마디로 몸을 참되게 하려면 먼저 선을 분명히 알아야 한다는 성현의 말씀을 부체(賦體)로 서술한 시조 작품이라고 말할 수 있다.

  이외에도 제5수처럼 모든 것을 자신에게서 비롯된다는『맹자』·「이루편(離婁編)」의 '反己'나 제10수에서처럼 많이 듣고 말을 조심한다는『논어』·「위정」편의 '愼言'을 제재로 하고 있다. 이처럼 선현의 사상을 담고자 할 때는 여지없이 부체 방식을 사용하여 형상화하는 특징이 있다. 때로는 제6수에서처럼 유학의 '예(禮)와 '의(義)를 형산의 옥이나 기수의 대나무를 비유하여 서술하는 '賦而比' 방식을 사용하기도 하였다.

---

23 『중용(中庸)』, "誠身有道, 不明乎善, 不誠乎身矣."

4. 자료적 가치

『직암영언』의 자료적 가치는 조선후기 시조사, 구체적으로 19세기 사대부 시조와 관련을 지을 수 있겠다. 조선후기는 시조 창작층의 다변화와 함께 사대부들의 시조 창작은 상대적으로 위축되었다고 하겠다. 게다가 18세기 이래로 전문 가객이 가단을 주도하면서 많은 가집의 출현과 함께 시조 또한 작자층이나 창법 등에서 분화하고 있었다. 한마디로 19세기에 이르러서는 다양한 형태로 가집들이 족출하던 시기였다.[24]

19세기의 그러한 상황에서 몇몇 두드러진 사대부의 개인 시조집이 나왔다. 1847년에 향반이었던 조황(趙榥, 1803~?)이 자신의 시조 111수를 수록한 『삼죽사류』가 있었다. 이어서 이세보(李世輔, 1832~1895)가 『풍아(대)』와 『시가』 등에 463수의 시조를 선보였다. 그런데 이번에 그것들에 앞선 1826년에 시조 206수를 수록한 조태환 등의 『직암영언』이 존재했었다는 것이 확인되었다.

조황의 『삼죽사류』는 주로 우국적 내용이나 위민의식, 더 나아가 척사위정(斥邪衛正)의 내용을 다루었다. 19세기 후기에는 이세보가 부정부패에 대한 비판을 시작으로 여행, 유배, 애정, 감흥 등에 이르는 다양한 내용을 시조 작품으로 담았다. 그런데 이들 19세기 기호학파 호론계 유생들의 『직암영언』에서는 조선후기 성리학의 도학적 사유 체계 등을 시조로 형상화하였다. 그렇다면 조태환의 『직암영언』(1826년), 조황의 『삼죽사류』(1847년), 이세보의 시조집(1870년

전후)은 각각의 특성을 지니고 있었던 바, 이들을 19세기 3대 사대
부 시조집으로 규정해도 큰 무리는 없을 것으로 보인다.

한편, 『직암영언』은 이곳 아산, 더 나아가서 호서 지역과 관련한
지역문학으로서의 가치와 의의가 주목된다. 이곳 아산에서는 18세
기 전반기에 초기 형태의 시조집으로 보이는 『고금명작가』와 같은
자료도 나온 바도 있었다.[25] 그런데 이번에 새로 발굴된 『직암영언』
을 통해서 19세기 전기에 이곳 충남 아산 지역에서 향촌 문인들을
중심으로 일어났던 일련의 시조 활동을 확인할 수 있었기 때문이다.

더 나아가서 『직암영언』은 조선후기 호서지역에서 활발하게 일
어났던 지역 문학으로서의 시가 활동이 주목된다. 대표적으로 18세
기 전기의 옥소(玉所) 권섭(權燮)이나 19세기 중기의 제천 향반이었
던 조황의 시가 활동이 호서지역의 제천에서 이뤄졌다. 예로써 이
번에 나온 시조집 『직암영언』에는 조태환이 지은 〈화양구곡가〉가
수록되어 있다. 그런데 권섭의 〈황강구곡가〉와 어떤 관계에 있는지
과제로 남는다.[26]

5. 맺음말

『직암영언』은 19세기 전기 충남 아산에서 나온 직암 조태환의

---

25 구사회, 「새로 발굴한 古時調集 『古今名作歌』의 재검토」, 『한국문학연구』 27집, 동
    국대학교 한국문학연구소, 2004, 205~233쪽.

26 권상하(權尙夏, 1641~1721)는 옥소(玉所) 권섭(權燮, 1671~1759)의 백부(伯父)였
    다. 한편, 조태환의 집안은 호서지역에서 권상하의 제자였던 강문팔학사(江門八學士)
    의 윤봉구(尹鳳九, 1683~1767)와 사승 관계를 맺고 있었다.

시조집이다. 이것은 순조 26년(1826)에 조태환을 스승처럼 따르던 이석빈이 주도하여 편찬하였다. 책명대로 한다면 직암(直菴) 조태환의 가집이라는 의미이다. 하지만 여기에는 정덕유와 이석빈의 화답시조가 덧붙여졌다. 이러한 형태의 가집은 문학사적으로 유례가 없었다.

이들 3인은 충남 아산에서 살았던 무명의 유생들로 향촌 문인이었다. 이들 관계는 정덕유와 이석빈이 조태환을 스승처럼 받들던 사이로 여겨진다. 이들 3인은 '이이(李珥) → 송시열(宋時烈) → 권상하(權尙夏) → 한원진(韓元震)'으로 이어지는 조선후기 기호학파 호론 계열의 유생들이었다. 『직암영언』에는 이들의 도학 의식이 시조 작품 곳곳에 투영되어 나타나는 것을 확인할 수 있었다.

『직암영언』에는 조태환의 시조 184수와 가사 2편, 정덕유의 화답시조 12수, 이석빈의 화답시조 10수가 수록되어 있었다. 여기 206수의 시조 작품은 지금까지 알려지지 않았던 새로운 작품이다. 역대 시조 사전에 수록된 시조 작품들과 비교해 보니 기존 작품과 어절도 거의 겹치지 않았다. 이런 점에서 『직암영언』의 자료적 가치는 매우 높다.

조태환의 시조 작품은 국내 곳곳을 유력하면서 느낀 풍광이나 자신의 내면을 담았던 기행시조가 분량과 내용에서 비중이 가장 높았다. 다음으로는 심성이나 수양 등과 같은 도학 담론을 담고 있는 도학시조와 인간으로서 지켜야 할 윤리와 도덕을 일깨우는 교훈시조였다. 마지막으로 세속을 벗어나 자연과 함께 살아가기를 희구하는 은일 시조를 꼽았다.

직암의 기행시조는 비교적 다양한 내용을 담고 있었다. 국내 곳곳을 다니면서 풍광을 읊거나 내면 정서를 담고 있었다. 역사 유적지에서는 자신의 역사 의식을, 서원에서는 도학 정신이나 가문 의식을 드러내었다. 직암의 도학 시조는 성리학의 우주론적 담론이나 인간 심성의 문제, 사물의 본질적 이치를 탐색하고 있었다. 반면에 일상 윤리를 일깨우거나 행실을 경계하는 교훈 시조는 50세를 전후로 아산 연암산에 은거하면서 지은 작품이 많았다. 은일시조에서는 직암이 복잡한 현실에서 벗어나려는 처사로서의 뜻을 드러내고 있었다. 한편 직암의 나머지 43수는 앞서 수록된 141수와 내용상으로 연장선상에 있다고 보았다. 하지만, 이들 작품은 조선후기 성리학의 담론 요소를 소재로 다루는 특징이 있다고 보았다.

한편, 『직암영언』에는 아산 인근의 지명을 따서 지은 〈죽계별곡〉과 〈연산별곡〉이라는 2편의 중형 가사가 수록되어 있었다. 둘 다 유교적 강상 윤리를 담고 있는 교훈가사의 전형을 보여주고 있었다. 이들 가사 작품은 둘 다 교훈가사인데, 오륜의 '군신' 관계에 대한 내용은 다루지 않았다. 둘 다 향촌 사회보다는 가문 구성원을 대상으로 오륜 문제를 설파하는 특징을 보여주었다. 특히 〈연산별곡〉은 〈죽계별곡〉에 비해서 여색이나 재물, 시비 분쟁과 같은 보다 구체적인 현실 사안을 강조하는 내용을 담고 있었다.

정덕유는 「근화직암영언(謹和直菴永言)」이라는 편명으로 화답시조 12수를 지었다. 그는 자신의 눈으로 바라본 직암의 사람됨이나 품성을 시작으로 자신의 내면 세계를 형상화하였다. 그의 시조에는 조선후기 성리학이 보여준 심성이나 수양 문제가 주로 다뤄지고 있었다. 한편, 그는 '孔孟程朱, 靜退栗尤'로 압축되는 도학적 계보를 추종하는 면모를 보여주기도 하였다.

　이석빈은 「제직암영언(題直菴永言)」이라는 편명으로 직암의 시조 141수에 대하여 10수의 시조로 화답하였다. 이석빈의 화답 시조 10수는 대부분이 도학 시조로써 직암의 도학 세계에 초점을 맞췄다. 그리고 화답 시조는 『시경』의 시 분류 방식인 육의(六義)의 '부비흥(賦比興)'을 사용하는 특징이 있었다. 그런데 이석빈은 '흥(興)'보다는 주로 '부(賦)'와 '비(比)'의 수사 방식을 활용하고 있었다.

　『직암영언』의 자료적 가치는 19세기 사대부 시조와 관련을 지었다. 조태환의 시조집인 『직암영언』(1826년), 조황의 『삼죽사류』, 이세보의 시조집(1870년 전후)을 19세기 3대 사대부 시조집으로 규정하였다. 그리고 『직암영언』은 조선후기 호서지역에서 존재했던 지역 문학과 관련이 있다고 보았다.

이 글은 『국어국문학』 제204호(국어국문학회, 2023)에 게재한 논문 「신발굴 시조집 『직암영언(直菴永言)』의 특성과 가치」를 일부 수정·보완한 것임.

참고문헌

『光山李氏族譜』(광산이씨대종회 편, 1856).
『論語集註』, 「先進」
『白川趙氏大同世譜』(배천조씨대종회 편, 1995)
『小學集註』, 「嘉言」
『中庸』
『直菴永言』(구사회 소장본)

구사회, 「새로 발굴한 古時調集 『古今名作歌』의 재검토」, 『한국문학연구』 27집, 동국대학교 한국문학연구소, 2004, 205~233쪽.

금장태, 『한국유학의 탐구』, 서울대학교 출판부, 1999, 53쪽.

김흥규·이형대 외, 『고시조 대전』, 고려대학교 민족문화연구원, 2012.

박연호, 『교훈가사 연구』, 다운샘, 2003, 175~273쪽.

박을수, 『한국시조대사전』(상·하), 아세아문화사, 1992.

박제가(정민 외 옮김), 『정유각집(중)』, 〈贈趙直菴文叔(台煥)〉, 돌베게, 2010, 402~
    403쪽.

박지원, 『연암집』 권3, 「孔雀舘文稿」, 〈爲學之方圖跋〉. (한국고전번역원DB)

신경숙, 『19세기 가집의 전개』, 계명문화사, 1994, 5~138쪽.

이경구, 『조선, 철학의 왕국』, 푸른역사, 2018, 93쪽.

直菴永言
영인자료

알림 : 여기서부터는 영인본을 인쇄한 부분으로 맨 뒷 페이지부터 보십시오.

2

先生所以感於心而發於言者也

其所自取者不一而若乃人之所可取則不但二

三戰而止焉士之有志者盡取於此然而直庵之

所以爲此者豈欲人必取此而自正於心乎哉吾

以爲爲其寫裏而爲也若其言外无窮之意非毛

賴楮生白面尖舌者之所可盡道也如使耳聆者

目覽者有得乎先生之意而自樂乎活潑之機則

亦豈非歌之旅人爲教也大矣

崇禎四丙戌三月上浣月城鄭德裕文饒序

3

4

直직菴암永영言언

竹죽溪계別별曲곡

直직菴암의 趙조處쳐士ᄉᆞᆫ 나기룰늣게ᄒᆞ니唐당
虞우쩍엿風풍俗쇽을어듸가다시보리世세代ᄃᆡ
되가降강衷쇄ᄒᆞ여倫륜紀긔가曲곡으로四ᄉᆞ友우롤
惻측然연ᄒᆞ야두어줄歌가ᄒᆞ니狂광妄망ᄒᆞ다
激격動동ᄒᆞ야벗님드을알게ᄒᆞ니狂광妄ᄒᆞ다
부듸말고着챡念념加가勉면ᄒᆞ여보쇼하ᄂᆞᆯ삼
간後후에萬만物물이죠차나니陰음陽양理리氣긔
긔로無무爲위以이化화ᄒᆞ든말가노푼뫼기푼물

은精졍氣긔로쇼사나고나는식긔는즘승生싱氣

긔룰바다잇다草쵸木목은叢총茂무ᄒᆞ고昆곤蟲튱

츙은蠢준動동ᄒᆞ니造죠化화翁옹아니러면긔뉘

라셔삼겨닐고天텬地지之지間간萬만物믈中듕

의사롬이웃듬이라精졍氣긔生싱氣긔가초타셔

戴대天텬立입地지ᄒᆞ여시니外외貌모롤보량이

면高고山산大대澤퇴形형象상ᄒᆞ고中듕心심을

보량이면春츈生싱秋추實실비화잇다그러나이

니몸이父부母모님恩思은德덕이라顧고我아腹복

복我아비셜어셔十십朔삭을劬구勞로ᄒᆞ고身신

6

體톄髮발膚부가지가지 氣긔血혈을난 하주니 父

父母모가 天텬地지런가 天텬地지가 父부母모

가이내몸어려잇고 父부母모님 져머실제 饑긔

飽포寒한 煖란혜아려서 顧고 腹복食식 하올적

의사랑도그지업고 受수苦고도함도하다 恩은德

덕을가푸랴면 昊호天텬이가히업서 天텬倫륜이

定졍호後후에엇 百빅年년지나건고 孝효子조는

썰떤치며 不불孝효子조는누고 겻돌두고우

믈파기頑완 父부도感감動동하고 어름스고 鯉이

魚어자바 後후母모도 回회心심하니 어진일을차

착호마리구던古고의有유名명호니늘근아비슬

되업셔들것우희바리거다져무어미탐을너야頭두

두룡만이죽단말가쐬흥호일홈몸슬마리百빅年년

틴의類뉴聚취호니열사룸호던마리天텬地지가

懸현豼격이라이보쇼벗넘듸야누룰죠차가라는

고父부子구不間간을그만두고兄형弟제말삼호여

보시난쌔가先션後후달나次차레는잇사오나骨골

骨肉육을난화바다血혈脈막이相상通통호니一

헙身신이둘희나고두몸이호나허라喜희怒로哀

이樂락은彼피此차의同동心심호고餓긔鉋포

8

寒한暑셔는朝죠夕셕의關관念렴ᄒᆞ니黃황鶴학

樓누고벼개예兄형弟졔和화樂락ᄒᆞ는擧거動동

玄현武무門문毒독ᄒᆞ살의骨골肉뉵相샹殘잔ᄒᆞ

단말가父부子ᄌᆞ兄형弟졔變변ᄒᆞ여셔四ᄉᆞ五오六

寸촌되거고나一일家가의八팔寸촌나고後후

屬쇽이踈쇼遠원ᄒᆞ니生ᄉᆡᆼ涯이예拘구碌녹이ᄒᆞ야

비것내것歷녁歷녁ᄒᆞ야祖조上상의子ᄌᆞ孫손

으로厚후ᄒᆞ듯을전혀몰나情졍업고義의傷샹ᄒᆞ

면남이여셔甚심ᄒᆞ도다九구世세同동居거張쟝

公공藝예ᄂᆞᆫ무슨글ᄯᅩᆺ써계신고義의田뎐宅ᄐᆡᆨ두

신相상國국九구族족을 敦돈睦목ᄒᆞ니 史사쩌칙

의빗난 조최 小쇼學학의 좌호일홈歷녁歷녁기일

더외서 至지수금 의籍자籍자ᄒᆞ니 이보쇼 벗님 비

야 이아니 조홀손 가屋옥中즁을 도라보니 ᄯᅩ무어

슬 關관념렴홀고 미즌 머리셔로 맛나 百빅年년을

언약ᄒᆞ니 擧화燭쵹 洞동房방 긴긴밤의 琴금瑟슬

友우之지情졍 이깁허 夫부唱창婦부隨슈ᄂᆞᆫ擧

擧動동千쳔事ᄉᆞ萬만事ᄉᆞ順슌成셩ᄒᆞ니 子ᄌᆞ孫손

손이滿만堂당ᄒᆞ고 福복祿록이 兼겸全젼ᄒᆞ니 지

압의 孝효子ᄌᆞ 일홈더지엄의 功공도 잇고 지엄의

孝효婦부되기지압의차ᄒ미라父부母모ᄒᆞᆯ을잘셤

기면夫부妻쳐間간도情졍重즁ᄒᆞ고父부母모롤

몯셤기면有유情졍호들무엇ᄒᆞ리그도그러ᄒᆞ거

이와近근來릭風풍俗쇽古고異이ᄒᆞ야지압의貴귀

귀ᄒᆞ눈칙져지엄이보랑이면人인事ᄉᆞ體톄面면

다바리고驕교滿만之지心심졀노나셔ᄂᆞ우희뉘

이시리放방恣ᄌᆞ無무忌기ᄒᆞ눈고나父부母모의

말對대答답과同동生싱의ᄡᅵ흥을ᄒᆞ야迷미劣렬

코어린家가長댱任임意의의로芙농絡낙ᄒᆞ니鄕향

中즁의是시非비이여家가長댱부터罪죄롤넙ᄂᆞ

妖묘安녀의쌔진愚우夫부무순낫츨추여들며그

년쳐년호는소리젼들아니붓글오라이보쇼벗넘

비아家가長장노롬操조心심호쇼鄕향黨당이自

別별호야나만흐니茅졔一일이니祖조父부父

부兄형年년甲갑비와尊존長장老노兄형버러이

서四사節졀明명日일노리쳐와三삼伏복으로農

농事사時시예就취稟품호리就취稟품호고긔걸

호리긔걸바다올혼일을施시行힝호고그른일을

辨변白빅마라長장幼유之지別별分분明명호야

恭공敬경호고操조心심호면일이다相샹得득호

12

고老노火소가차례이셔患환難난도救구ᄒ려든
閻여閻염이擾요亂란ᄒ다이보쇼범남미야ᄭᆞ이
火쇼凌능長장엄슌後후에도호가지드러보쇼五
오倫륜의범지드러年년齒치門문齒치相샹敵젹
ᄒ니ᄒ쇼마쇼ᄒᄂ고나기러기줄을짓고물고기
새을꾸ᄎ車東동西셔南남北북간곳의畵듀夜야
朝됴夕셕ᄃ대마다情졍겁고誼의죠흘슌부레에
옷츨부어平평生셩의一일片편心심이知지巳긔
로期긔約약더니무슌일의拘구礙이ᄒ야호변夫
실信신ᄒ단말가肝간膽담이楚초越월되고期긔

13

切콩이 狼낭貝패로 다 侯아홈달 져박의 追츄逐츅
호야 노던 情정이 갈무 옴쇼 노눈의 外외面면 호고
지나가니 남남기리 미춘 誼의의가 信신아니면 어렵
도다 이보쇼 번님비야 五오 倫륜이 이러호니 그른
일을 警경戒계호고 죠흔 일을 法법을 바다 父부母모
모로셔 兄형弟제가고 兄제弟로셔 親친戚쳑가
고 夫부婦부로셔 長장幼유가고 長장幼유로셔 朋
붕友우가꾜 일마다 有유意의호고 말마다 操
죠心심호야 行힝身신處터事〈을 五오 倫륜을 能
능히 호면 뇌몸의 福복이 되고 남의 눈의 法법이 되

14

야身신後후芳방名명이百박世셰예일더가면浮

부世셰人인生성이긔아니즐거오냐

鶯연山산別별曲곡

天텬生싱萬만民민호오실졔必필授슈其기職직

호여거든엇더타이내몸이無무用용이되건지고

鶯연巖암山산기픈골의陶도處텨士亽의몸이되

나姓셩名명을隱은호니아나이바히업다슬

푸다世셰上상亽룸이뉘말삼드러보쇼나知지

識식바히업서禮례의롤모로와도世셰上상을

삼펴보니寒호心심키고지업데五오倫륜이잇건

15

마ᄂᆞ父부毋모同동生싱치모로고 豪호悍한이放방

心심호니기아니 可가憐련호가父부生싱毋모

育육호여이내몸삼겨ᄂᆞ니父부毋모의重듕호恩은

德덕아니갑고어이호리 孝효誠셩이至지極극

호면子ㅈ孫손이滿만堂당호고 孝효道도롤極극

盡진호면千쳔萬만慶경事ᄉ層층出출호리一일

身신이平평安안호면 千쳔金금인들關관係겨호

가父부毋모님쎼孝효道도호면 하ᄂᆞ이感감動동

호고積젹惡악을분심히호면 夾지難란이자로나

리엇지아니두러오며엇지아니삼갈손가兄형弟ᄌ

16

폐룰 議의論논ᄒᆞ면 骨골肉뉵이호가지라 ᄒᆞ엿ᄆᆞ

고자라시니 엇지 아니貴귀ᄒᆞᆯ숀가 잇던 同동生ᄉᆡᆼ

엄셔지면 어디 가어더 보리 友우愛ᄋᆡ이尤우篤독ᄒᆞ

야極극盡진이 和화睦목ᄒᆞ쇼ᄂᆞᆷ으로 삼긴 中듕의

夫부婦부 밧긔도 인ᄂᆞᆫ가 七칠去거之지惡악업거

들낭 糟조糠강之지妻쳐薄박待대마쇼 夫부婦부

셔로 和화同동ᄒᆞ야 安안貧빈樂낙道도홀작시면

功공名명富부貴귀 판겨홀가 百ᄇᆡᆨ年년偕ᄒᆡ老로

옷틈이라 和화兄형弟졔樂낙妻쳐子ᄌᆞᄂᆞᆫ朋붕友

우有유信신아니런가 ᄆᆞ음을 ᄡᅥ쳐먼 쇼ᄀᆞ밧긔ᄯᅩ

업ᄂ니 路노柳류墻장花화雜잡계집은 情정疎소

ᄒ면 可가笑쇼롭다 남쇼거어든 財지物물을다만一일

時시샨이로다 財지物물을탐치마라 慾욕心심

이患환이나고惡악으로어든 財지物물子ᄌ孫손

이진일손가富부貴귀을憑빙籍자ᄒ고사롬을賤

쳔待대마쇼수리박회도둣ᄒᄂ호小룸이혼ᄌᄒᆯ

가勇용力녁이잇다ᄒ고남파부듸룻시非비마쇼

慾분멸의싸호다가殺살人인ᄒ기고ᄒᄒᆯ가一일

時시慾분을차마시면百박年년禍화을免면ᄒᄂ

니늘그니가ᄂ길희압희셔서가지마쇼長장幼유

차례 업서지고 男남女녀 間간의 無무 別별호면 容용
貌모가 사롬인들 禽금獸수나 다롤손가 朝됴夕
셕으로 보며 이웃과 不불和화마쇼 千천萬만
意의外외 患음호 일파 患환難란으로 相상救구호
제 먼디 親친戚쳑 잇다 호들 미쳐와 救구호손가늠
의집의 往왕來릭 니호기부터 자로말거시라 親친호
情졍이 머러지고 賤쳔쳔이보기 쉬오리라 親친舊구
론차자가도 門문밧괴셔 소릭호여 그 主쥬人인이
알게호고 請쳥호면 가려이와 男남女구졍어 손 남의
집의 親친戚쳑인들어이가리고 히호사나희가 徃

왕來니를ᄌ로ᄒ면粂걸絡듀의몸이도야行힝實

실일긔쉬우리라生셩涯이을홀지라도農농事ᄉ

을힘써ᄒ쇼親친舊구의財ᄌ物물貨뎌用용與여

受슈分분明ᄒ여셔라속ᄂᆞ스룸罪죄아니요속

이나니엇더ᄒ고人인心심이奢샤侈치ᄒ야時시

節졀이世세䕺번ᄒ니죠흔末의冠관가즌唐당華

허終죵風身신토록ᄒ랑인편父부母모님의略약平

관世세業업長쟝父구이미더다가ㄱ衣의冠관畫

진호後후면집신감발졀노되리어진ᄆᆞ음힘써닷

가남을부듸져허ᄒ쇼

短단歌가辭

舞무雩우臺대노푼臺대율 春츈쿄風풍의 登등臨림호니 曾증點졈은 간듸업고 뷘臺대만 나마잇다 鶴학氅창衣의 덜터입고 몬늬노라 호노라

安안城셩郡군 詠영歸귀亭뎡을 올나안ᄌᆞ 바라보니 沂긔水수ᄂᆞᆫ 潺잔潺잔ᄒᆞ고 岾졈花화ᄂᆞᆫ 훗날ᄂᆞᆫ다 아희아 舞무雩우의 바룸이니 詠영以이歸귀ᄒᆞ리로다

挾협冊ᄎᆡᆨ책ᄒᆞ고 綾완行ᄒᆡᆼᄒᆞ야 新신溪계池지을 지나오니 夕셕陽양은 저을넘고 炊취煙연은 滿만村촌

춘호다 陶도岡강이어 드미요 家가鄕향을 차츠리라

淸쳥心심樓누 말근 樓누의 偸투閑한ᄒ야 안지시

니 鶯연灘탄의 歸귀帆범이요 婆파城셩의 暮모煙

연일다 반갑다 神신勒누寺사 쇠북쇼리 風풍便편

의오노고나

秋츄風풍落낙日일上샹 高고樓누ᄒ야 曕첨堂망

寧녕陵능感감淚누流류라 志지業업을 몬이르시

고 弓궁劒검을 바리시니 술푸다 탐와 薪신遺유恨한

한 千쳔秋츄의 미쳐도다

神신勒누寺사 사북쇼리듯고 江강月월樓누 올나가

니風풍景경도조커이와襟금懷회도斬헌헌嚣할ᄒ

다柄남衰의아먹가려라臨님流뉴賦부詩시ᄒ여

보자

孔풍孟밍이머러시니어듸가노라보리취니慾욕

이橫횡流뉴ᄒ니仁인義의가바히엽다엇더타世셰

녜上샹ᄉ사룸炎염昌냥凉냥取취人인시ᄂ고

朋붕友우ᄂ同동類뉴니라五오倫륜의들껀마ᄂ

鮑포叔숙이머러시니誓셤관伸듕을ᄀ뉘알니엇더

타琢탁磨마ᄒ줄모로고셔平평地지風풍波파무

숨일고

百박濟제젹옛셔울이南남漢한이라이르거늘北

북門문을도라드러國국都도롤살펴보니城셩堞

堞은依의舊구호듸興흥亡망이즈최업다

無무忘망樓누올나셔셔松숑坡파을구버보니金

金汗한의勝승戰젼碑비가屹흘然연턴이노파잇다

傳박浪낭椎퇴되엇지어더져石셕頭두셔쳐볼고

西셔湖쟝臺臺호노안즈丙병丁정事亽을生싱覺각

ᄒᆞ니우리　先션王왕受슈辱욕홈과大대明명皇

황恩은을져바리이憤분惋완호一일寸촌肝간膓장

이젹노띨녀ᄒᆞ노라

駒구城셩의 溪심谷곡書셔院원 夕셕陽양의 차자

오니 精졍金금美미 玉옥 靜졍養양 庵암翁옹을 几궤席셕

셕의 뵈옵는듯 貴귀홈사 廟묘庭졍 槐괴木목于수

澤퇴이 게시도다

堯요舜슌君군民민 기픈 뜻을 當당世셰에 行힝호

라 다가 衰쇠곤貞졍을 만나 보아 폰호게호는 듯운 수

뎐古고後후學호의 눈물 질샘이로다

南남山산의 올나 셔서 仁인政졍殿젼을 바리보니

五오色식雲운 기픈 곳듸 瑞셔日일이 발가셰라 九

구重듕이 深심邃수호니 姓셩名명을 뉘通통홀고

25

仁인旺왕山산 三삼角각峰봉은 勢셰 北북極극구을

고야 잇고 終종南남山산 漢한江강水수는 襟금帶

대로 相상連련ᄒ니 우리나라 萬만萬만年년基기

業업은 漢한陽양인가ᄒ노라

이ᄯ가어늬ᄯ니 正정月월이라 正정朝됴로다 암

집의 番용聲셩이요 뒷집의 人인跡적일다 아희아

거문고 노로셔라 與여民민同동樂낙ᄒ리로다

新신羅라적 百박結결 先션生셩 正정朝됴을 當당

ᄒ여셔 거문고 빗기 안고 作작 杵져聲셩을ᄒ여고

나이제야 生싱覺각ᄒ니 내즐김과마치깃다

26

上상元원佳가節절三삼五오夜야에 내홀노 안자

시니門문우희月월色식이요 뜰아릭 松송陰음일

다 景경光광도죠커이와 幽우興흥이그지업다

道도峯봉의寧영國국洞동을 뜬망 華혀로드러오

니巖외巖외호 兩양賢현書셔院원 樹슈林님間간

의 뵈노고 나守슈僕복아 門문녀러라 致치敬경호

고가자셔라

蒼창崖이 노削삭立닙호고 洞동門문이열녀누믜

隱은隱은호 瀑폭 布포쇼릭 洞동中듕의 擾요亂란

호다 兩양賢현의 세친 조 최 못너사랑호 노미라

27

金금水수亭뎡을 나 보고 蒼챵玉옥屛병 나 려가 나

蒼챵壁벽과 澄딩潭담이오 銀은 鱗린과 玉옥尺쳑

일다 吐토雲운床상 어드미요 蓬봉思ㅅ舊구跡젹

차즈리라 楊蓬來 朴思菴 嘗遊於此

玉옥屛병書셔院원 瞻쳠拜비ㅎ고 白白鷺노洲쥬

차자 가니 바 와 龍룡潭담 기 푼모 셔 구름이머 허러

라 釣됴臺대의 올나 안 자 갈 길 잇 고 잇 노라

孔공子ㅈ 는 大대聖셩이라 周듀流류天텬下하ㅎ

여셔 도 行힝道도을 못ㅎ시 니 그 드 지 슬 푸 도 다 날

가탄 後후學학이야 더욱 일 디 무솝ㅎ리

거믄고 손의 들고 猗의 蘭란 操조을 노리ᄒᆞ니 淸쳥

風풍을 門문을 녈고 明명 月월은 窓창의 온다 鐘죵

子ᄌ 期긔 업서시니 伯백 牙아 音음을 뉘라 알니

沙사 溪계 先션 生싱 文문 元원 公공은 栗률 翁옹 高

고 尤우 老노 師ᄉ 라 門문 路노 嚴엄 正졍ᄒᆞ

고 淵연 源원 道도 崇슝 深심ᄒᆞ다 道도 基긔 書셔 院원

柢지 調됴 알ᄒᆞ고 仰앙 慕모 一일 念념 그 지엽서ᄒᆞ노

라

安안 城셩 郡군 迎가 葉협 寺사 을 일업시 차자가니

板판 上상 의 사긴 記긔 文문 先션 君군 의 遺유 跡젹

일다 모음이 술푼즁의 風풍樹수痛통을 뉘 禁금ᄒ

리

靜졍退퇴書셔院원瞻쳠拜ᄇᆡᄒ고 講강堂당의 나

와 안즈 尋심院원錄녹을 ᄃᆞ려보니 先션君군ᄢᅴ ᄒᆞᆫ

字ᄌᆞ계시도다 鳴오呼호라 癸계未미三삼月월 몃

히런고 髑쵹目목傷샹心심 그 지업서ᄒ노라

黃황山산의 竹쥭林님書셔院원風풍景경도 絶졀

勝승ᄒ다 我아東동方방七칠先션生ᄉᆡᆼ이 徃왕來ᄅᆡ

내ᄒ야 노로시니 遺유塵진剩잉馥복시 친 ᄌᆞ최이

제가지 宛완然뎐ᄒ다

八팔卦괘亭뎡올나안ㅈ江강水슈룰구버보니銀

은鱗린王옥尺쳑뒤노ㄴ듸秋츄水슈長쟝天텬호

빗칠다江강湖호의無무恨한興흥을淸쳥歌가의

부치리라

華화城성을依의止지ㅎ여南남方방을바라보니

顯현隆늉園원松숑栢뵉木목이푸름도푸를시고

슬푸다滿만眼안風풍物물이우리 聖성上샹孝

효心심悲비라

春츈효風풍三삼月월好호時시節졀의龍용頭두閣

각을올나보니千쳔絲사垂수柳류빗겨노듸白뵉

蝶뎝黃황鳥됴紛분紛분ᄒ다두어라大대丈장夫

부의萬만端단愁수心심을오놀놀니로다

三삼冬동의布포衣의입고巖암穴혈의깁피두러

聖셩上상의큰思은澤틱을이분젹이엄건마ᄂᆞ蒼챵

챵梧오의히지다ᄒᆞ니몯ᄂᆡ뎔워ᄒ노라

定뎡山산의雞게鳳봉寺사ᄂᆞᆫ高고王왕考고讀독

書셔所쇼라欛션窓창의列녈卦괘沙사ᄂᆞᆫ그어ᄂᆡ

ᄉᆡ로던고巳ᄉ年뎐遯돈世셰意의을아나이

뉘이시리

高고王왕考고愚우拙졸先션生ᄉᆡᆼ松숑翁옹後후

一일人인이라 曠광世세學학出츌天텬孝효을효

몸의 兼겸ㅎ시되子ㅈ孫손이 屛잔微미ㅎ니 旋뎡

表표홀긔약업다

漢한北북ㅆ쥐累누百빅니 밧긔누룬보라와 또던

고旅여窓창이病병이드니 술푸기그지업다뉘라

셔살녀내여故고鄕향의도라가리

旅녀窓창을依의止ㅎ여偶우然연이 숨을ㅆ니

故고鄕향의興흥兒ㅇ쇼리 반갑기그지업다 잠을

꾀야도라보니 寂젹寂젹三삼更경月월明명中듕

이라

33

淺미陰음津진石석室실祠사의 누고누고뫼와ㅛ

고거룩다仙션淸청家가世셰道도德덕忠튱孝효

兼겸ᄒ여다瞻텸拜비코奉봉審심ᄒ니景경仰앙

之지心심졀노난다

驪녀써쥐牧목凌파渎사城셩은우리趙조氏씨鱉

무源원이라先션塋영도되와잇고宗종族족도사

노고나歲셰一일祭졔다罷파ᄒ後후에떠나가니

념념ᄒ다

萬만壑학松숑亭뎡구름속의草초屋옥三삼間간

지어두고琴금書서消쇼憂우ᄒ노곳의有유酒쥬

盈영樽쥰흥여셔라 小쇼子즈아 淸쳥景경歌가 一일曲
곡부른後후에 一일杯비一일杯비흐여보쟈
山산頭두의 閑한雲운起긔흐고 水수中듕의 白빅
鷗구飛비라 無무心심코多다情졍흐니 근심올이
즐노다 世세上샹의 알니업스이더와 同동樂낙흐
오리라

鈴영平평의 花화石셕亭뎡은 뉘라셔지어눈고 懸
현板판의 사긴그리 栗률翁옹의 八팔歲셰에 詩시라
거록다 道도德덕文문章쟝 그디도록 夙숙成셩효

가

臨넘津진江강絶졀勝승風풍景경一일國국의有

유名명거늘扁편舟쥬롤어더타고江강上샹의中

동流류ᄒ니夕셕陽양의無무恨한興흥을픤내계

위ᄒ노라

高고麗려國국五오百빅載지을開기城셩府부셔

ᄒ다거늘南남門문을도라드러滿만月월臺대을

올나보니舊구宮궁은더히엽과殘잔郭곽파만나

잇다

南남門문의올나안不國국都도롤구버보니崩붕

城셩과破파壁벽이요浮부雲운과流류水슈로다

古고國국興흥亡망 올이졔와 生셩覺각호니 悲비

感감기그지업다

착홀씨고 聞문㦸포懇은 先션生셩竭갈忠듕報보國국

호랴다가 壬임申신四사月월初초호四수日일의善

션竹죽橋교의 殉순節졀호니 至지수금의 丹단心심

심歌가호曲곡調조을 몯내술허호노라

練년光광亭뎡名명勝승 樓누의四수方방을 閒듀

覽남호니 長장城셩一일面면溶용溶용水수요 大

대野야東동頭두點점點점山산이라 아희야지족

마라 桂계月월三삼更경 발가세라

37

天텬下하의茅졔一일江강山산練련光광亭뎡분

이런가朱듀蘭난嶼용의씨꼰글不雜웅卅징도호

도호다幽유興흥을뫈내비위長쟝歌가一일曲곡

부러잇다

箕긔聖셩곳아니시면九구夷이을뉘慶변호며敗

은나라井뎡田뎐遺유制졔東동國국의움겨잇다

仁인賢현祠사奉봉審심호고믓내사모호여호뇨

直직菴암의一일居거士亽로花화山산이손이되

야姓셩名명을隱은匿닉호니아나이바히엽다人

인心심이날파다르니눌파서로同동樂낙호리

鳳봉凰황山산바라보고傳박抔기峴현을차자가

니白빅楊양蕭쇼蕭쇼一일孤고墳분이우리삿부

毋모幽유宅퇴일다泉쳔臺대가寂젹寞막ᄒᆞ니무

슨몰숨엿자올고

墓묘庭뎡의올나셔서瞻쳠掃쇼코封봉塋영ᄒᆞ니

술푸기恨한이업셔눈물이졀노난다九구泉쳔이

아득ᄒᆞ너나히뵈야오리

德덕峯봉의混혼然뎐齋지ᄂᆞᆫ言언語어動동止지

君군子주로다孔공門문의從죵遊유ᄒᆞ면冊뎜閣각

민올붓그올가平평日일의사롱홈을못이져ᄒᆞ노

峽山佗離別ᄒᆞ고 鶒狀軒나디려니 秋江의鴻鴈ᄃᆞ려 벗부ᄅᆞᄂᆞ소ᄅᆡ

로다아마도깁고깁푼이내情을못ᄃᆞ즐가ᄒᆞ노라

峽鑪의벗즐두고셔롯난화뗘나오니悵然ᄒᆞ이내ᄆᆞ음둘ᄃᆡ도

바히업다 一歩코도라보니뭇잇ᄂᆞ情이로다

希道院울나셔~南方을바라보니燕岩山노픈峯이宛然이뵈고

고나奇特다옛顔面반기ᄂᆞᆺᄒᆞ여라

집 떠나 지 ᄂᆞ 포 되니 父母生覺無窮ᄒᆞ다 어ᄲᅵ셔니

도라가셔 定省을 ᄒᆞ여 볼고 아마도 倚閭情은

날노 捲捲ᄒᆞ시리라

獰風이 屓裁ᄒᆞ고 虐雪이 흣ᄂᆞᆯ이너이中의우

리父母平安이제 옴신가 아마도 愛日情은 못이

슬가ᄒᆞ노라

41

미라

家가運운이좀비蜚뎨ᄒᆞ야荊형人인이鶠긔沒몰

ᄒᆞ니滕슬下하의어린子ᄌ女녀뉘라셔成셩就취

홈고嶺젹寞막ᄒᆞᆫ空공房방의홀노안ᄌ매고鈴분

痛동을못금ᄒᆞ다

鸎연岩암山산花화溪계上샹의無무心심이안ᄌ

시니松송風풍은거문고요杜두鵑견聲셩은노리

로다世셰上샹이모로시니예셔ㅅ일生싱노리

라

數수尺젹枯후杞긔梓ᄌ木목을良양工공은바리

42

지아니ᄒᆞ건마ᄂᆞ思ᄉᆞ聖셩이업스시니苟구變변恨한

을뉘라알고書셔案안을依의止지ᄒᆞ야못ᄂᆞᆫ

歎탄ᄒᆞ노미라

子ᄌᆞᆺ갓녀을成셩長쟝ᄒᆞ야加가冠관于우歸귀ᄒᆞ一일喜희

ᄂᆞ날의父부母모亡망室실生셩覺각과ᄒᆞ니一일喜희

一일悲비간졀ᄒᆞ다그리나老노漢한의顏원ᄒᆞ

ᄂᆞ바ᄂᆞᆫ壽슈富부多다男담承영受슈福복이라

南남固고山산城셩울나와셔全젼州쥐을살펴보

니聖셩祖죠의興흥龍용地지요甄견퇴郞낭의馳치

치馬마臺대라아마도我아國국萬만年년基

43

긔業업운이山산水슈淑슉氣긔뉴ᄒ노라

寒한碧벽堂당노푼집의緩완步보ᄒ야올나가니

華화標쵸ᄂᆞ催쵀巍외ᄒᆞ고ᄭᅦ단ᄻᅪ화운聆ᄒᆞᆼ寵농

ᄒᆞ다아마도湖호南남名명勝승樓누ᄂᆞ五오十십

쎄쥬예옛분인가ᄒᆞ노라

青쳥蘿나煙연月월사립작을白빅雲운溪심處텨

다、시니寂젹寂젹松숑林님개ᄎᆞ즌들蓼요蓼요

雲운壑학항졔뉘오리아희야唐당虞우天뎐地지이

아니나葛갈天뎐氏씨民민나ᄲᅥᆫ인가ᄒᆞ노라

草쵸堂당의春츈睡슈足족ᄒᆞ니窓창와외예日일

遲지遲치라라門문밧긔키즈슨들어늬王왕孫손차

자오리어듸셔喚환友우를睍잉운잠든나룰끼오는

고

顏퇴然연玉옥山산醉취호後후에石셕頭두閑한

眼면잠을드니安안車거駟스馬마億속이요羙미

水슈佳가山산이리업다아마도松숑壇단의紫자

芝지歌가노이늬生싱涯인가호노라

나히발셔늘거시늬무合功공名명生싱覺각호리

萬만頃졍蒼창波파의鶴학髮발漁어翁옹되야白

빅日일이照죠蒼창浪낭호졔오명가명호리라

剛강直직ᄒᆞ면豪호悍한타튼是시非비ᄒᆞ고柔유仁인

인ᄒᆞ면庸용劣렬툴타나모마나嘵효嘵효이世셰

上샹의行ᄒᆡᆼ世셰ᄒᆞ기어렵도다두어라松숑間간

의綠녹樽쥰노코長쟝醉ᄎᆔ不블醒셩ᄒᆞ리라

世셰上샹의벗님ᄂᆡ들炎념凉냥取ᄎᆔ人인그만ᄒᆞ

쇼黃황金금이다盡진ᄒᆞ니차자오리ᄃᆞᆨ特특다

舊구巢소鸎연은오ᄂᆞᆯ도오ᄂᆞ고나 뉘이시리

鸎연山산下하岩암穴혈속의白ᄇᆡᆨ玉옥이무텨시

니徃왕來ᄂᆡᄒᆞᄂᆞ벗님ᄂᆡ들돌이라ᄒᆞᄂᆞ고나두러

라알니업스니돌인체害ᄒᆡ ᄒᆞ로우랴

몬망薜혀綾완步보夕석陽양天텬의九구節졀竹

죽杖장둘더집고十십里니沙사汀뎡나러가니白

빅鷗구閑한眠면무合일고두어라雲운林님의無

무恨호興홍을碌녹碌녹世셰人인어이알니

神신明명舍사지운後후에仁인義의로城셩을싸

고大대司소寇구나와안즈四소多물旗긔로審심察

참호니어듸셔外외物믈矛모賊젹이太一일君군

을엇볼쇼나

孔공庭뎡栢빅버혀너여歧기路로을마가두고짜

단田뎐을터혈삼고德덕室실노집을삼아仁인義

의 禮녜 智지로이은 後후에 두러볼가ᄒ노라

濂념溪게의 沐모浴욕ᄒ고 明명道도쎄기롤 무러

伊이川텬 니물 건너 가셔 晦회養양의 잠을 자고

언제나 三삼達 달德덕 모ᄃᆞᆫ 길의 誠셩意의 闕판을

드러볼고

爲위學학之지 要요方방이 知지와 行힝 두가지라

鳥죠兩양翼닉車거兩양輪륜이니 齊졔頭두幷병

進찬ᄒ여 가셔 偏편重즁곳아니ᄒ면 聖셩賢쳔도

기쉬우리라

우리塔셔郞랑 俞유宬최桂두ᄂ 市시南남 先션生

싱肖쵸孫손이라守수操죠는 玉옥人인이오文문

翰한은佳가士ᄉ로다앗갑다不불幸힝短단命명

死사ᄒ니悲비痛통ᄒ게ᄒ위ᄒ노라

王옥儀의ᄂ눈의黯암黯암ᄒ고金금聲성은귀의

錚징錚징ᄒ니鐵텰石셕肝간腸장아니어든뷘ᄃᆡ

어보빌손가아희아中듕心심의疲ᄀ구留뉴ᄒ니가

습답답ᄒ여라

朱주夫부子ᄌ栗률谷곡先션生싱身신後후事ᄉ

을뉘게로付부托탁ᄒ고黃황勉면齋ᄌᆡ金김愼신

齋ᄌᆡ遺유訓훈을밧자왓다슬푸다이니命명道道

도흠긔險험호여賢현塔셔롤일커고나

사롬이주거갈졔갑슬주고사량이면顏안淵년이

早됴死ᄉᆞ홀졔孔공子ᄌᆞ아니사계시라아마도仁

인而이未미壽수之지理니노몯ᄂᆡ슬허ᄒᆞ노라

尤우菴암先션生싱宋송夫부子ᄌᆞ을平평生싱의

景경仰앙터니靑쳥텽ᄭᅦ쳔倉창드러와셔墓묘前젼

의瞻쳠拜ᄇᆡᄒᆞ니 御어筆필노사긴碑비가輝휘

煌황도함도ᄒᆞ다

溪심山산의벗을차자關한雅아洞동을드러오니

一일項경은荒황田뎐이오數수間간은蝸와屋옥

일다모옴이 閑한 雅아ᄒᆞ니 놀고 갈가ᄒᆞ노라

黃황昏혼의 이러안저 雙쌍窓창을 열고 보니 松송風풍과 羅나月월이오 靑쳥山산과 煙연樹슈로다 白백雲운이 過과庭뎡ᄒᆞ니 내 벗진가ᄒᆞ노라

擎경天텬璧벽숍의 호바 회하놀을 괴야 잇다 天텬斧부로 깍가뇌가 鬼귀ᄯᅡ교로 셰워뇌가 아마도 茅모제一일名명勝승은 옛샌인가ᄒᆞ노라 以下擧陽九 曲歌

雲운影영潭담기푼 모셰 구름비틔틱 비최엇다 銀은鱗린과 玉옥尺쳑드리 물블을 戱희弄롱ᄒᆞ니 夕셕陽양의 홀노셔셔 幽유興흥계 워ᄒᆞ노라

淙음릉궁巖암올나안자抱포膝슬ᄒ고長장吟음

ᄒ니尤우翁옹의세친자崔최이제도依의舊구ᄒ다

아마도溪계聞관의鳴오咽열聲성은遺유恨호인

가ᄒ노라

金금沙사潭담기푼물이말금도말글씨고皎교皎교

교호모리우희纖섬鱗린을헤리로다斜사陽양의

낙뒤을메고못니노라ᄒ노라

瞻첨星성臺대層층岩암上상의별가치노파잇다

石셕壁벽의사괴그리寶보墨묵이輝휘煌황ᄒ니

아마도大대明명젹天텬地지뇌이따인가ᄒ노라

凌능雲운 臺대 올나셔셔 四亽方방을 바라보니 雲운
운山산은 疊텹疊텹疊텹ᄒ고 澗간水슈ᄂ 潺잔潺잔ᄒ호
다 夕셕陽양이져갈젹의 뒤노ᄂ 고기더옥죠타
臥와龍뇽岩암 누은바 회壽슈텽龍뇽인가黑흑龍뇽
인가溪계비畔반의 透위迤이ᄒ야王옥波파을戲희
美롱ᄒ니 磐반石셕이 平평鋪포호되 瀑폭布포
리宏굉壯장ᄒ다
鶴학巢소臺디 노픈臺디을偶우然연이登등臨님
ᄒ니白박鶴학은어듸가고 뷘디만나마나니바회
우희엿ᄂ矮왜松숑긔더옥奇긔異이ᄒ다

巴파串환이 有우名명거늘 幾완 行힝ᄒᆞ여드러오

니 飛비湍단은 奔분流류ᄒᆞ딕 水슈勢셰노다 巴파字

주로다 岩암底뎨의 싸둔일음 小쇼 朝됴迋뎡을 일

위잇다

進진德덕門문 依의止지ᄒᆞ고 華화陽양洞동을 살

펴보니 靑텽山산은 疊쳡疊쳡이오 碧벽溪계 눈曲

곡曲곡이라 紅홍塵진이드러올가 別별有유天텬

地지여긔로다

萬만事사을 다이즈니 一일身신이 閑한暇가ᄒᆞ여

凌능雲운臺딕 碧벽溪계 우희혼좃賦부詩시ᄒᆞ니

앗갑다壺호中듕天텬地지의夕셕陽양이지노고

나

山산嵐남혐俗쇽態틱開기雲운色식이오樓누슈쳥

塵진譚담伴반水슈聲셩을滄창浪낭歌가호曲곡

調됴씨그어부러시니奇긔特특다洞동中듕風풍

物물반기노듯ᄒ여라

岩암樓셔齋지혼즈안즈金금沙사潭담을구버보

니ᄒ르나니물결이오뛰노나니고기로다冠관버

셔石셕壁벽의걸고못내노라ᄒ노라

우리나라宋숑夫부子즈노東동國국의聖셩人인

이라學학問문은紫즈陽양이오大대義의ᄂᆞᆫ春츈

秋츄로다遺유祠ᄉᆞ올내와보니秋츄陽양生싱覺

각고지업다

草쵸堂당의두러가니萬만卷권書서

쳑薗쵹杖쟝璇션璣긔玉옥衡형左좌右우희노혀

도다우리尤우翁옹게오신가執집贄지請쳥學학

ᄒᆞ여불가

兩냥皇황帝졔기픈思ᄉᆞ은惠혜罔망極극도호

다萬만東동廟묘지으시니仙션靈영이와게신가

一일治치堂당나와안ᄌᆞ生싱覺각ᄒᆞ니悲비慘참

호다

煥환章장寺수 잠을 세야 東동方방을 바라보니

崇숭禎정젹 발곤 日일月월山산上상의 도다온다

紀긔僧승아 밥지어라 萬만東동廟묘奉봉審심호
자

竹쥭杖쟝을 손의 쥐고 仙션遊유洞동을 드러오니

煙연霞하가기 푼곳의 水슈石셕心리새로왜라音

긔異이타 別별世셰界계 울이제야보리로다

仙션遊유亭뎡올나 안즈 碁긔局국岩암을 구버보

니 錀반石셕도 조커이와 臥와龍뇽瀑폭이音긔異

57

이호다仙션人인이어 되며 요塵진心심을씨스리

라

仙션隱은岩암 올나셔셔 타와 龍룡瀑폭을구경호

니隱은隱은호 瀑폭布포 쇼리五오 音음六뉵律뉼

가쵸와다 手수舞무코 足죡蹈도호니客긱愁수을

이즐노다

靑쳥山산 의물을 돌와 龍룡華화洞동을드러오니

竹쥭塢오 의雞계 聲셩이오 花화村촌 의犬견吠폐

로다 白빅畫듀 의柴싀 門문다三시니 武무陵능桃

源원인가 호노라

報보恩은의 俗속 離니 山산을 小쇼 金금 剛강이라

일ㄱㅓㅅㄱㅓ 놀 속새 목을 더머드러 中듕 獅ㅅ 菴암을 차

자가니 梵범 宮궁이 요요호듸 쇠북 쇼리 반가 왜라

金금 剛강 窟굴 기픔굴은 林님 將장 軍군의 削삭 髮

발 慶터라 徃왕 跡젹이 茫망 昧미ᄒᆞ니 눌다러 무눌

쇼니 竹쥭 杖장을 依의 止지ᄒᆞ고 不불 勝슬 悲비 感

ᄒᆞ여라

文문 井졍 墓디 노픈 峯봉의 天텬 然년이 올나가니

天텬 上상 인가 仙션 境경 인가 무옴도 爽상 豁활ᄒᆞ

다 三삼 韓한이어 듸런고 眼안 前젼의 恩지 尺일다

水수晶정峯봉올나안ㅈ洞동口구롤구버보니五

고

오層층樓누千쳔佛불嚴젼이眼안前젼의宛완然

년ㅎ다엇더타龜귀石셕頭두눈무슴일노버혀눈

判판官관族족兄형知지縣현倅의우리先션君군

노로실시龜귀石셕의버린勝승宴연눌다러무롤

쇼니이제와生싱覺각ㅎ니悲비感감도홈도ㅎ다

族兄台福氏當辛報恩時先君佳趙故云云

江강山산을議의論논ㅎ면黃황山산이茅졔一일

이오溪계山산을議의論논ㅎ면華화陽양이茅졔

言언忠듕信신 行힝篤독敬경호야 極극盡진이操

조心심호면내몸의法법이되고남아니무이나니

一일生싱의일을가져日일三삼省성호여볼강

노라

閭녀有유塾숙黨당有유庠샹과術수有유序셔國

국有우學호은三삼代딘教교人인遺유法법이라

揖읍讓양所쇼書슈厚후건마는어더타科과學ㅂ

一일節졀行힝호여서 可가惜셕人인材지다그

르노고

冠관服복을떨쳐입고大대成셩殿뎐의드러가니

孔공孟밍顔안曾증믜와늘디 十십哲쳘群군賢현

버려세라卓탁上상의 獻헌酌쟉호고믈더셔니 謘

순謘순明명敎교믜야온듯호여라

牙아山산縣현仁인山산書셔院원五오賢현의遺

유桐스로다秋츄享향을당호여셔首수獻헌의納

남名명호니講강席셕의참예호듯心심神신이恍

황惚홀호여호노라

南남塘당陶도卷암兩냥先션生싱이道도德덕文

문章쟝거록호다心심性셩氣긔質질다르모로湖

호洛락이갈러시니世셰上상의션뷔님너公공平

명議의 論논호여보소

우리나라授투幾젼法법이어두로셔난단말가져

마다妖요惑혹호여無무厭염之지慾욕분니로다

뉘라셔禁금止지호야ᄂ인義의性셩을回회復복

홀고

世셰上샹의少소年년드라文문學혹孝효悌졔심

써호고부질업슨授투幾젼法법을須슈吏유間과

의부디마쇼敗픠家가도호라이와ᄂ망身신인들

아니홀가

하놀게性셩을타나ᄃ인義의禮녜智지가자ᄯᅥ니

七칠情정이 發발動동ᄒ야 善션惡악이ᄂ회엿다

小쇼子ᄌ아 中듕을부듸일흘셔라 盜도蹠쳑되기

湏슈吏유間간의 잇ᄂ니라

世셰上상의 少쇼年년덛드라 驕교蒲만ᄒ혜뎌무마

仝傾경家가호 根근本본이오 亡망身신흘 徵징兆

조로다 周듀公공ᄯ문 王왕子ᄌ 武무王왕弟졔로

되一일 豪호驕교氣긔을아뎌ᄂ니

文문穆목公공 閔민尙상書셔ᄂ 驪려陽양蟾셤村

춘賢현孫손이라 世뉘閥벌이 隆융嫌혁ᄒ고 文문

章장齒치德덕 兼겸ᄒ여도 愛이人인下하士ᄉ極

극盡진ᄒᆞ니 至지수굼의못이즐가ᄒᆞ노라

朝됴廷뎡의 계신분너 黨당論논ᄒᆞ기中듕止지ᄒᆞ

소君군子 不黨당 小소人인黨당은 업지못ᄒᆞ려이와 부

다

질업순 偏편論논ᄒᆞ미 有유害히 無무益익샌이로

져黨당論논을 져리ᄒᆞ고 南남征졍北북伐벌가랴

노가 傳젼子 不傳젼 孫손 심써ᄒᆞ되 兵병法법익다

못드럿너 忠튱厚후 公공平평 무옴가져 保보民민

謀모策칙 칙ᄒᆞ여보소

世세上상의 사롬드라 色식 慾욕을 警경戒계ᄒᆞ쇼

伐벌性셩斧부陷함人인坑킹이이밧긔엇업나니

操조守수굿못구드면禽금獸슈되기쉬우리라

酒듀色싴의잠긴분뇌揚양揚양호쉬더무마소英

영雄웅豪호傑걸이아니라夏하桀걸敢은紂듀쩍

기되리저뇌비록죠타호나末말稍쵸患환을엇지

홀고

술이라호뇌거순狂광藥약이오非비佳가味미라

謹근厚후性셩을옴겨다가凶흉險험類뉴졀노되

뇌古고슈금의傾경敗피者자을歷녁歷녁히볼지

어다

世셰上샹의 사롬드라 兩냥班반 자랑더 무마쇼 兩

냥班반이 兩냥班반 아더 行힝實실이 兩냥班반이

라 진실노 行힝實실곳 업셔시면 兩양班반이라이

를쇼냐

學학宮궁의 벗님비들 聖셩模모 賢현範범 酬수酌

작호 校교戲희謔학雜잡談담 法법아니라 東동銘명

의 내여시니 이니 妄망言언아니로다 警경戒계호

여보쇼그러

校교宮궁은 孔공子즈 廟묘라 至지重듕키그지업다

講강明명義의 理리호고지오 戲희謔학酒쥬談담

아비드라吾오黨당의션뷔님데부듸操조心심ᄒ
여셔라
富부貴귀를憑빙藉쟈ᄒ고貧빈人인을賤텬待대
마쇼술의박괴도둑ᄒ니ᄒᆞ사롬이혼자ᄒ가ᄒᄂ
올놉다마쇼보시고降강罰벌ᄒ시리라
文문墨묵從죵事사ᄒᄂᆞ사롬아넌체부듸마쇼배
홀거시바히업고眼안下하無무人인절노되리不
불恥치下하問문聖셩訓훈이라妄망言언아
니로쇠
宗죵族죡은同동根근이라薄박待대을부듸말고

饑긔飽포寒한煖난혜아러셔救구濟졔謀모策칙
호여보쇼엿져긔范범相상國국은義의田젼宅틱
을두어ᄂᆞ니
財지物물取취利니호ᄂᆞ룸窮궁族죡들救구濟졔
호쇼그一일家가엽셔지면快쾌홀것바히업데
患환難난파急급호일의分분明명슌듸이시리라
貧빈富부ᄂᆞᆫ不불三삼世셰라그財지物물업셔지
고窮궁族죡다시致치富부호면그아니붓글올가
이보쇼期듀窮궁恤휼餽궤和화睦목호여부듸損
손傷상마라셔라

사룸을 救구濟졔홈이 萬마事ᄉᆞ의 大대義의 理니

라엿젹의 賢현人인 君군子ᄌᆞ 不불惜셕千텬金금

ᄒᆞ엿ᄂᆞ니 世셰上샹의 挾협富부ᄒᆞᄂᆞ 쑴인ᄖᆞᆷ익호

쎼더무마쇼

虎호狼낭蜂봉蟻의 聰쳐鳩구等등과 鴻홍願안猳

과 然연녀러즘셩禀품氣긔ᄂᆞ 偏편僻벽ᄒᆞᄂᆞ 一일

端단仁인義의가 져잇다 허물며사롬이야 禽금獸

수만못ᄒᆞᆯ쇼냐

堯요舜슌가튼大대聖셩으로 朱쥬均균을두어시

니後후世셰의 나ᄂᆞ소롬터욱일더무슴ᄒᆞ리 天텬

意의가그려호시니恨호歎탄치마라보쇼

父부母모生싱之지續쇽莫막大대오君군親친臨

님之지厚후莫막重듕이로다移이孝효爲위忠듕

호여가셔조곰도效방過파마쇼이므음일홈後후

면禽금獸슈나다을쇼냐

남의門문閥벌高고下마쇼사롬이莘졔一일이라

爲위人인곳不불似사호면그門문閥벌쓸틱업디

이보쇼벗님비들多다事ᄉ議의論논不불緊긴호

오

秋츄懷회가懆묘慄늘호야사롬生싱覺각관졀티

71

니玉옥가탄鄭뎡少소年년이戇은懃근이찻노고

나반갑다이老노人인을무슴일노차자온다

黃황金금이다진ᄒᄂ니불것시업건마ᄂᆞ南남倉창

의一일妙묘年년이호울노차자오니반갑다자내

ᄆᆞ음이졔야아리로다

南남倉창의鄭뎡少소年년은一일世셰의佳가士

소로다文문筆필도高고기妙묘ᄒᆞ고志지操됴도非

비凡범ᄒᆞ다栗뉼翁옹門문法법심써닷가芳방年

년을虛허度도ᄒᆞ마쇼

春츈堂당ᄲᅢᆺ즐만나무어슬酬슈酢작ᄒᆞ고聖셩模

모賢현範범말숨이오孔공孟밍顔안曾증道도統통
통이이라두어라一일楊탑山산窓창의두무옴비
치엿다

謹和直菴承言　　　　　鄭文饒

詩시言언志지歌가承영言언호니둣이合을말
삼혼가年년齒치노長장幼유연마노志지粢개
노同동調됴로다보시오先선儒뉴氏씨비도誨
회人인不불倦권호니이다

古고人인이悲비秋츄라호니人인生싱衰쇠老老
노긔아닌가生싱覺각이관절호면老노人인意意

의思ᄉᆞ少쇼年년아오그러나闢관門문조山산川

텬이이내듯을막즈른듯ᄒᆞ여와라

直직菴암의趙조慶텨士ᄉᆞ노수곰世세예古고

人이라文문筆필이餘여事ᄉᆞㅣ로쇠志지操조만

崇슝尚상ᄒᆞ오진실노그러곳ᄒᆞ면聖성賢현同

동歸귀ᄒᆞ리이다

世셰上샹이澆효薄박다고부듸말ᄉᆞᆷ마르시오

내行ᄒᆡᆼ實실正졍大대ᄒᆞ면남의是시非비關관

係거혼가밤듕만屋옥漏누질졔붓그러워ᄒᆞ노

미라

草효堂당春춘瞧수싀여보니 怱창외遲지日

일져므럿다 松송壇단의 잠든 鶴학이누를보고

놀나눈고 아희야逮테鍾종琴금드러라 裁아洋

양曲곡을타보리라

父부母모生성之지ᄒ시니 續쇽莫막大대焉언

이오君군親친臨님之지ᄒ시니 ᄒ후莫막重등

焉언이로다移이孝효爲위忠튱 一일之지義

을우리스승날쥬시니 아마도事ᄉ一일之지義

의을못뉘여ᄒ노미라

孔공孟밍程뎡朱쥬가신後후에 靜졍退퇴栗늘

尤우어듸신고不부博젼之지學학잇건마노그

뉘라셔이어닐고夕셕陽양이지너머갈졔懷회

抱포계워ᄒᆞ노미라

니날기노비氣긔언마노날게ᄒᆞ理니빈들알나

죵달새ᄂᆞ노어이屋옥中듕듕天텬의ᄯᅥ잇ᄂᆞ

아마도造조化화神신機긔을形형言언ᄒᆞ기어

러왜라

바롬이쇼릭나면나무입이흔들리내形형容용

은여잇건마ᄂᆞ氣긔運운이며를빈다그르나自

不부然연之지故고ᄂᆞ나도몰나ᄒᆞ노미라

千쳔里리길머다마쇼가쁘가뎐다가ᄂᆞᄂᆞ호로

五오百빅里리ᄂᆞ룬가도아니가면虛허事ᄉᆞ로셰

번님비밤지다말고쉬디마쇼

갈집고넙더나셔斗두北북山산川쳔바라보니

數슈千쳔里리帝졔王왕居거의二이百빅年년

을陸뇩沉침거다뉘라셔東동海ᄒᆡ水슈기루러

다씨셔나볼고

陰음陽양五오行ᄒᆡᆼ理니氣긔바다戴대天텬立

입地지ᄒᆞ여시니이몸이微미眇묘ᄒᆞ나萬만物

믈이最최靈령이라날마다비번식살펴擴화充

통호가호노미라

右短歌十二闋妄以
布鼓之音敢塵雷門之下
實不嶄洴寂中一哂之資耳然而其中未必不
有燒香之餘
武供一覽哦

題直菴永言　　　　李德章

燕巖山ㄴ피난峯은湖西의名山이오牙州의巨
鎭이라그아릭草屋三間寂寞ᄒ고즌直菴居士
書室일시平生의積累ᄒ고이더와갓치峰巒ᄒ
가興이尊德性

驪江의나린물과永平의무운山이漢陽三角마
다ᄒ고一隅心村무솜일고아마도山林淸景은

78

이뵨인가比 ○道問學

聾山絶頂노피안저世間事을生覺ᄒ니禍福은門이업고舜蹠은뉘게잇비貧富窮達이自有命ᄒ니怨天尤人부듸마오 賦 ○明善

宵中의萬三懷노開口ᄒ면病이되고世上의紛二說은捫鼻ᄒ면藥이되니그러나舍糊兩可와趨利害義노아지몯게 賦 ○明善省身

어지다고다貴ᄒ면山林巖穴벌듸업고巧惡다고다바리면納汚藏疾그뉘호고動心忍性과效尤益過노千秋의著龜로싀 賦 ○及己

聖學의 第一步는 괴로온것압히셔니 禮로묵고

義로비여 智慧을궁구려셔 荊山 의石中物을갈

고가라 玉되는듯 淇澳 의 箇三竹 을깁고기어薘

갓흔듯그러나佛氏 의利刀削髮과墨子 의磨頂

壁上 의걸닌燈이눌노ᄒ야 明瞻ᄒ며 瓶中 의더

賦而比又賦　工夫　○　心之本體

效蹟은治國樂天ᄒ올손가

흔물은그릇따라 淸濁일셰슬푸다네本體을네

님으로몰흘손가 比 ○明德 ○心之本體

놉피드는뎌솔기눈깃두리지안거구나시기던

가지죠런가 萬彙 의 自然홈을더혼즈만엇다ᄒ

라
天命之性。本然。

山中의靈芝 풀은 뿌리업시 난다ᄒᆞ고 窓間의 螟

蛉子ᄂᆞᆫ 남이 ᄌᆡ가 되거고나 各二어든 元바탕을

變化ᄒᆞ면 類가 업베比。氣質

그렁져렁 읇노소리넌 줏十關되거고나 玄天은

幽黙ᄒᆞ고 仲尼ᄂᆞᆫ 無言ᄒᆞ니 士子의 憯多口을길

게ᄒᆞ야 쓸ᄃᆡ업비賦。愼言

右十篇 碩君子所作而 淸高灑落之韻 既有言矣不載

開可無名子興二章友故不賦心厥六言而工夫二也二五非一要其言

反己通上二章皆賦心厥六言工夫二二五非一要其言

悶不信子朋友故不賦而煩而申之也則要其言

可既故其辯長而義則賦而此也七八詠明
本然九則數氣質變化右三章此體也末乃結德
之幾故以言以是恕會日

窓밧긔向向花을移種ᄒ야심거두고뎌二로看檢
ᄒ니向日之誠간졀ᄒ다奇特다비본듸草木으로

무슨意思ᄆ머거나니

ᄭᅵᆷ人心難相合ᄒ거든蠻貊世路오롤슌가心村의

홀노셔二갈고지젼혀업다두어라燕山의欽蹤跡

ᄒ여麋鹿同羣ᄒ오리라

虛靈不昧ᄒ거스로其衆理을가져더니무슨ᄠ지

잇고완듸應萬事되거고나아마도大學의明德은

●心性情之總名인가

理란거슨太極이오氣란거슨陰陽이라太極이陰

陽中의不離不雜ᄒ여시니이론바一而二二而一

이라渾然ᄒ기픈理을測量키어려왜라

至誠不息ᄒ온하ᄂᆞᆯ무어슬命ᄒ신고元亨利貞本

을ᄯᅥ여仁義禮智듀어시니노ᄒᆞ면六合의彌蒲ᄒ

고挫ᄒᆞ면一掬의차지못게

그르싀담긴물이渾然塗澈ᄒ건마ᄂᆞ무슨氣運잇

고완듸淸濁粹駁가리긴고아마도이氣을말긴後

에聖人을經營ᄒ리

神明舍의 걸닌 靈燭本디 光明ᄒ건마ᄂ 氣稟物欲

拘蔽ᄒ야 有時昏暗ᄒ거고나 ᄯᅵ로 살펴보아 攪

亢을 홀지어다

거울은 발거마ᄂ 垢塵으로 昏暗ᄒ고 무움은 발건

마ᄂ 物欲으로 昏昧ᄒ니 진실노 磨鏡磨心積功ᄒ

면 本비치 다시나리

一身의 主宰와 萬事의 根本이 무움을 일으미니 心

쯩면 身쯩고 身쯩면 物正ᄒ니 진실노 正心一於正ᄒ

면 表裏가 사이 홀가

그르싀 물을 다마 膈膜의 두어써니 그 물을 쓰다 내

니淸濁의 分明코 나 언졔 나이 渣滓消瀜ᄒᆞ야 純全
이 말 ᄭᅥ 볼고

心中에다 文理을 存養을 ᄒᆞ얏다가 情으로 叢ᄒᆞ거든
省察을 홈지어다 人慾의 드러가면 復初키어려왜
라

敬이라 ᄒᆞᄂᆞᆫ거슨 聖學의 綱領이라 徹上下成始終
ᄒᆞ여 知行을 ᄭᅰ여시니 아마도 涵養本原工夫ᄂᆞᆫ이
ᄉᆞᆷ인가ᄒᆞ노라

誠이라ᄒᆞᄂᆞᆫ거슨 萬事의 根本일시 정셩곳 업서시
면 무어실 일워 날고 眞實코 無妄ᄒᆞ니 문쟈 銘心ᄒᆞ호

지어다
天者ᄂᆞᆫ誠而已라至誠無息ᄒᆞ오시니敬을가져誠
의가면與天同大ᄒᆞ오리라아마도做人底樣子ᄂᆞᆫ
敬誠밧긔ᄯᅩ업ᄂᆞ니
聖人의應萬事와天地의生萬物이直字밧긔업ᄂᆞᆫ
지라셔로이여傳ᄒᆞ시니一生을일을가져죽근後
에그치고자
人物이하ᄂᆞᆯ게理을타나成性後偏全이不同이라
人受正通氣ᄒᆞ야五性이가자잇고物賦偏塞氣ᄒᆞ
야一氣로生成ᄒᆞ니아마도暘谷翁의活看은千秋

의定論인가

言語는 樞機니라 삼가지아닐소냐 南容의 三復白
圭仲尼 稱美ᄒ오시니 禍門을살펴보아 瓶가치직
희리라

士君子處已ᄒᆫ 古聖人이 定ᄒ시니 達ᄒ면 兼善
ᄒ고窮ᄒ면 獨善ᄒ야 다ᄒᆡᆼ이맛나면 堯舜君民니
일이오못맛나면 山林邱壑畢命所ㅣ을시

安溪의李斯文은 牙州의巨儒로다 緒業은忠武公
이오淵源은 梧村老라 부듸聖學勤勉ᄒ야 家聲을
充閭ᄒ쇼

高聳山 나린물이 安溪가 되야고 나 그 우희 草堂上

의 講道하니 긔 뉘런고 아마도 暮年交契고 至樂인

가하노라

벗님비듀온 歌辭常目在之하여보니 灑落하 淸操

高趣辭表의 나타나니 그 中의 動忍效益이두 말숨

吾輩의 樂石인가하노라

尊德性莘一章과 道問學莘二章은 淸高灑落하건

마노 擬議輔說着愧하외 그러나 君子의 愛人忠厚

辭表의 님쩌잇다

豪傑之士 아니러면 歌辭論理이러호가志操고高

聲이오 心德은 安化로시 圭復코 典戱ᄒ니 못잇ᄂ
懦이로다

聖學의지 친法이 簡策의 실녀시니 嚴師을 求ᄒ랴
면여긔 노코어듸 갈고 黙ᇰ 加ᅩ 貴ᄒ지라 支離論
說부듸마소

ᄆᆞᆷ은 安靜ᄒ여야 百事을 ᄒ거시니 벗넘데 이뢸
자바ᅭ夫을홀지어다 옛적긔 李少陵은 醒心鈴을
차거고나

萬居牙州 十六年의 獨立心村ᄒ여써니 輔仁朋이
제만나 切偲琢磨ᄒ거고나 與世面交부듸말고 知

已相通ᄒᆞ여보시

燕山下蝸室裡예寂寞기안ᄌᆞ더니梧桐의달오로

고水面의바람온다이러ᄒᆞ淸意味을눌과셔로난

하볼고

檝城으로오온슌님和義君後裔로시外面은和色

이오中心은義氣로다아마도暮年結隣은緣分인

가ᄒᆞ노라

사람을못만나셔平生의恨이러니이졔作隣ᄒᆞ여

보니意中人자니로시한갈가티ᄆᆞ음가져同心結

契무어보시

君子의사핀벗은淡泊ᄒ汪二水라ᄒ온

後에一生變치아니나니이마음굿게자바두가지

부듸마쇼

心德이第一이라文翰不足근심마쇼元바탕이글

더시면그文翰슬듸업ᄂᆡ漢쩍긔霍相國은柱石之

臣되야고나

早稻六升부터더니발ᄃᆡ向黃ᄒ거고나모돈시다

몬後에ᄃᆡ二로黜檢ᄒ니아마도기픈滋味ᄂᆞ나분

인가ᄒ노라

新稻飯ᄒ여노코先父母生覺ᄒ니蕩腔子이ᄂᆡ悲

懷園橘도孝도ᄒᆞ다슬푸다子路의列鼎食ᄒᆞ졔先

獲我心ᄒᆞ거고나

父母님계신젹의孝養을낭다ᄒᆞ여라ᄒᆞ면失時ᄒᆞ

온後면追悔莫及되오리라平生의다시못ᄒᆞᆯ일이

잇분인가ᄒᆞ노라

北海읟노鯤과絳霄의凌摩鵬은任意로노릴면서

揚二自得ᄒᆞ노고나우리도언제나비몸되야遊海

遊天ᄒᆞ여불고

北風霽月달붉은밤의三十六宮往來ᄒᆞ니天根月

窟뇨흔景이곳ᄃ마다春意로다아희아無絃琴ᄃ

러라 쇼리업시집퍼보자.

春服을띨쳐입고太極扇빗기쥐고半畝方塘나려

가니흐르나니活水로다童子아光風霽月도다오

니놀고갈가호노라

四勿旗순의잡고神明舍차자가니大司寇門의안

자閣禁을하노고나진실노外物蚤賊이아니라太

一君세啓達호쇼

藥文驛도라드러素玩亭을차자가니舊堂은寂寞

효되靈帷노凄凉호다几筵의나아가哭拜호니悲

懐베워호노라

犬雪이 封山ㅎ니 가지마다 梨花로다 언집과 찬등

잔의 玩理味만 거교나두어라 이 등 好風流를 李侗

隱쌔 辭讓ㅎ가

志齋聲名노픠 듯고 廣亭을 차쟈가니 草堂이요 호의 聖

模賢範圖書로다 반갑다 君子風流 못내 景仰ㅎ여라

南漢山東林寺의 무어슬 싱각ㅎ던고 南谷堂普明月이 두로두

묘발가잇다 진실노 발굴진듸이니 心村발거보소

엿적의 太顚禪師 頻聰明識 道理라 韓文公潮州적의 못내

사랑ㅎ여시니 이제 外生覺ㅎ니 내 사랑과 맛치 갓다

余今立秋之夕偶拜直卷扵栗林下時王宇廓如金
飄颻如忘激開人騷客慷慨之懷而忽有受鳥之感
口味一訣曰山則有橇濕則有芩羹取潤畔毂株栗
于是盤桓于是游抑又思之謝跡塵寰取貞節里眾
之義而然耶篤志學問慕文成谷栗之趣而然乎己
而主人丈梡爐筍草消遣燃吸之後出示歌詞百許
毃曰此則吾所平生放跡山水之時惕齊院校之際
一唱三呼而鄭君德裕甫所以序弁賚尾者必君盡
觀諸自以聲馨之見草蚤之聲栗三于心不敢橘棹
扵其間而世既無伯牙季札則各以管毓之見奉玩

節義之美無碍嘗越故洗心盥手敬讀未半夕陽在
山行期草二恨未畢閣而縶嘗論之其淸和之韻跂
姣之氣春陽氷釋四澤活潑之像也形貌之氣音姿
之格澤桐登府七絃鏗鏘之聲也瀟湘洞庭謫客詩
人關山漁陽征夫征婦使此聽之其心怳感泣不曾
若自其口出而其偶意模畫有所由自其中舞雩之
曲近於紫陽釣臺詞山水之操得之松江關東曲慕
聖之音出入石潭伊川歌而況夫玩世之志鬱悒之
情雖屈宋賈楊無怵伯仲非末學墻面載贊一辭者
也惜乎匠石伯樂忽已逝良材良驥其誰知燕岩山

下叚三架難庇直菴萬卷詩書千緒經綸矣歷覽眥

封叚千里風景雅言毛傳三百篇章句則以歌詞論

君子實糠粃也疏節也惟顧覽此者勿以是信斯翁

必就顧名思義如居扵栗林等處觀得則可謂善觀

人矣名歌惟何必取遠遊詩桶以遠遊歌以待後之

知者云李碩彬又書

末言抄短

李碩彬 守德章 豐德州 直菴時人

直菴趙慶宴

五十四

父主前 上白是

辭 近有日消息杳絕伏未審專時
氣餘彼為康吉家教音而此康寧平柏喬適~不住
諜~互士眠食粥華寧守渾工兵畫兒底廑~有
事侍達路便加~~從此而~病內

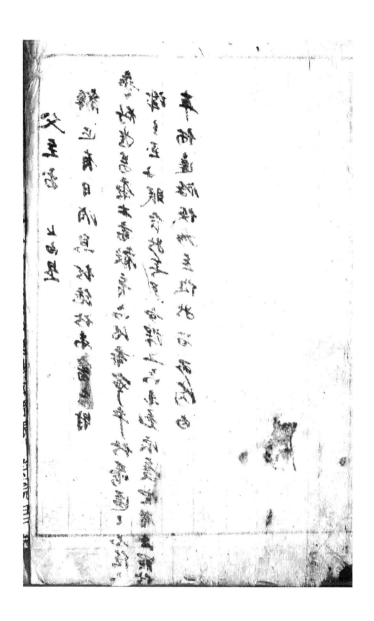

趙公勉行字勉卿白川人巳卯遺逸松隱昆玄孫銀川府院君庶
昭公琳九代孫天姿醇粹顏貌如玉自在齠齔聰悟過人傳聞強
記涉獵經史文學宏深氣節卓異丙子虜亂在驪州聞　上諱和
西望慟哭無意斯世遂廢公車業

直菴永言
영인자료

알림 : 여기서부터는 영인본을 인쇄한 부분임.

저자 조태환(趙台煥, 1772~1836)

조선후기의 문인. 본관은 배천(白川)이고, 자(字)는 문숙(文淑), 호(號)는 직암(直菴)이다. 영조 48년(1772)에 충청도 직산에서 태어나 아산으로 이주하여 활동하다 헌종 2년(1836)에 죽었다. 조선후기 호론계의 학맥에 닿고 있으나 이름이 거의 알려지지 않았다.

구사회(具仕會)

동국대학교 국어국문학과, 동 대학원 졸업.
문학박사.
선문대학교 국어국문학과 교수 역임. 현재 명예교수.
주요 논저 :『근대계몽기 석정 이정직의 문예이론 연구』(태학사, 2012),『송만재의 관우희 연구』(공저, 보고사, 2013),『한국 고전시가의 작품 발굴과 문중 교육』(보고사, 2021),『한국 고전문학의 세계 인식과 전승 맥락』(보고사, 2022),『해학 이기의 한시』(공역, 보고사, 2023) 외 다수.

박연호(朴然鎬)

고려대학교 국어교육과, 동 대학원 국어국문학과 졸업.
문학박사.
현재 충북대학교 인문대학 국어국문학과 교수.
주요 논저 :『가사문학장르론』(다운샘, 2003),『교훈가사 연구』(다운샘, 2003),『가려뽑은 가사』(현암사, 2015),『인문학으로 누정읽기』(충북대 출판부, 2018),『가사문학의 어제와 내일』(공저, 태학사, 2020),「가곡창과 시조시의 미적구조」외 다수.

이수진(李秀珍)

선문대학교 국어국문학과, 동 대학원 졸업.
문학박사.
현재 선문대학교 인문대학 국어국문학과 조교수.
주요 논저 :『금고기관(今古奇觀)』(공저, 선문대출판부, 2004),『대한제국기 프랑스 공사 김만수의 세계여행기』(공역, 보고사, 2018),「조선후기 제주 표류민의 중국 표착과 송환 과정 -〈제주계록(濟州啓錄)〉을 중심으로-」외 다수.

조선후기 무명 유생 가집, **직암영언**

2024년 1월 17일 초판 1쇄 펴냄

지은이 조태환
주 해 구사회·박연호·이수진
펴낸이 김흥국
펴낸곳 보고사

책임편집 이경민
표지디자인 오동준

등록 1990년 12월 13일 제6-0429호
주소 경기도 파주시 회동길 337-15 보고사
전화 031-955-9797
팩스 02-922-6990
메일 bogosabooks@naver.com
http://www.bogosabooks.co.kr

ISBN 979-11-6587-657-9 93810
ⓒ 구사회·박연호·이수진, 2024